大関市朗

自分と家族の物語

戦争、平和、そしてもしかしたらまた戦争(?)
……の時代をそれぞれに生きて、生きつないで

文芸社

目次

私が育った家族の事情　6
将棋との出会い　10
〝臣民〟の呪縛　16
問題児　24
運動音痴の草野球　29
荒ぶる心　35
登校拒否　42
部活をしない中学生　49
好転の兆し　59
将棋部　65
青春の勲章　77
名誉ある撤退　88

逆転勝ち　98
大学院へ　104
イデオロギーの探究　109
持久戦へ　119
〝ふつう〟の生き方との決定的な決別　130
気候危機と少子化　142
食糧危機から戦争へ　149
笑うバルタン星人　164
青天井の円安　172
この国の行方　180
最後に　191

「あなたにとっての『かけがえのない家族』への思い、そして人間関係の難しさや素晴らしさを一編の物語にしてみませんか」という呼びかけに応えて、還暦を迎えたのを機に、自分と家族の物語を文章にまとめてみようと思い立ちました。同時代を生きてきた方々に、何か感じ取ってもらえるところがあれば幸いです。

私が育った家族の事情

私の子どもの頃は、会社員の父、専業主婦の母、父方の祖父母、二歳下の妹と六人で暮らしていました。わが家は、高度経済成長期に増えていった、典型的な中流サラリーマン家庭でした。

しかしわが家は、見た目のふつうさとは裏腹に、中身はふつうではありませんでした。祖父がふつうではなかったからです。

祖父は私が大学生の時に、八十五歳で亡くなりました。明治生まれの人としては、健長寿でした。病に苦しむこともなく、死の寸前まで床に臥《ふ》せるようなこともありませんでした。そんな祖父でしたので、介護で家族の手を煩わせることもなく、家族や親戚に見送られて、長年生活した自室から、静かにあの世へと旅立っていきました。

しかし、出立の穏やかさとは裏腹に、祖父の晩年は大荒れでした。七十歳前からの十数年にわたって、尋常でない酒の飲み方をしていたのです。

何か面白くないことがあると酒を飲み、怒鳴り声を上げました。嫁である母が怒鳴られることが多く、その矛先が祖母に向かうこともありました。

祖父は飲みだすと、一週間は飲み続けました。その間は、寝ている時以外は酒を飲んでいるような感じでした。一週間も酒を浴びるように飲んでいると、内臓が丈夫だった祖父も、さすがに体が参ってきます。それで嘔吐《おうと》して、ようやく素面《しらふ》に戻るという具合でした。二ヶ月に三回くらいのペースで、そういう酒乱状態に陥っていました。

祖父がそんな異様な酒の飲み方をするようになったきっかけは、親戚とのトラブルでした。お金を巡る問題だったとのことです。親戚の人がしばしば訪ねてきては、祖父と険しい表情で言葉を交わしていた記憶があります。私が六歳の頃のことでした。

でもそのトラブルは、あくまで祖父の酒乱のきっかけでしかなかったのだろうと思います。祖父は生前、そのトラブルを除けば、親戚筋との折り合いが特に悪かったわけではなかったのですから。十数年もかけて吐き出さなくてはならなかった祖父の心のわだかまりは、親戚関係とは別のところに由来していたと思います。

そのわだかまりはあまりに重かったので、この世で吐き出さなくてはあの世に行けなかったという感じだったのではないでしょうか。だから祖父は、人生の終盤にさしかかった七十歳の少し前から、急いで自分の感情に始末をつけようとしたのではないか――と今は感じています。そういう事情がなくては、祖父の晩年が〝老成〟とは正反対のものになってしまったことは、とても説明がつかないと思うのです。

私が少年期にさしかかる頃には、祖父はもう飲んだくれていましたから、立ち入った話はできませんでした。どういう人生経験をしてきたのか、その中でどんなことを考えてきたのか、可能ならば少しは聞いておきたかったのですけれど……。

祖父は小金は持っていたみたいで、素面の時は株式投資を熱心にやっていました。午後三時半にテレビで流れる「株式市況ニュース」に見入っていたり、日本経済新聞を読み込んだりしていた祖父の姿が記憶に残っています。

祖父は〝裏の社会〟と接点があった、と父は言っていました。だとしたら、敗戦直後の混乱期にうまく立ち回って、〝闇市〟で小金を得たのではないかと思います。そうやって得たお金を、一九五〇年代から株につぎ込んだわけです。そういう事情がなくては、祖父の金回りの良さは説明できません。

その息子である私の父は、ひたすら真面目に、黙々と働く堅気のサラリーマンでした。対照的に祖父は、結構「体制」の枠を飛び越えて生きてきたのではないかと思います。葬儀に来ていただいた親戚たちは、口々に祖父のことを「頭の良い人だった」と言っていました。持ち前の利発さで、祖父は激動の時代をしたたかに生き抜いてきたのかと思います。

それなのになぜ、祖父は十数年もかけて吐き出さなくてはならないくらいの重いわだかまりを心に抱えていたのか。今となっては真相はわかりませんが、大戦争の時代の狂気が関わっていたのではないかと、私は想像しています。

祖父自身は戦争で辛酸をなめたわけではなかったにしても、人の世の修羅を〝裏社会〟から見てきて、心にやり切れなさをため込んできていたのかもしれません。

将棋との出会い

祖父との思い出として忘れ難いこととしては、将棋を教わったことがあります。

祖父は大して強くはなかったのですが、将棋が大好きでした。それで私は、五歳くらいから祖父に将棋を教わって、よく盤を挟んで向かい合っていました。当初はもちろん祖父がうまく負けてくれていたこともあって、結構勝ち気だった私は将棋の面白さに惹《ひ》かれていきました。

さる高名な棋士に手ほどきを受けたことがあるというのが、祖父がよく口にしていた自慢話でした。〝裏の将棋界〟の方かと思います。昭和のある時期までは、賭け将棋をしながら各地を渡り歩いていた人がいたようですから。祖父が片足を突っ込んでいたらしい〝裏社会〟では、賭け将棋のような猥雑《わいざつ》な裏イベントが行われることもよくあったのでしょうし。

祖父とは整った形の言葉をやり取りする機会は得られずに終わりましたが、将棋を通して魂をやり取りしたという感じは、私の中にあります。だから私が感じている祖父の中の修羅についても、言葉の裏付けは取れていないものの、そんなに的外れではないだろうという自信はあります。

祖父が株式投資に取り組んでいることも、将棋を通して知りました。幼稚園から帰って、午後将棋を指していると、三時半で中断となります。前述の「株式市況ニュース」の時間となるからです。祖父にとっては大事なことなのだろうと思ったので、私は十五分ばかり我慢して待っていました。

祖父の酒乱は、私が小学校四年生の頃にピークを迎えました。そこで、家族にとっての大事件が起こりました。夜中だというのに大声を上げている、祖父の傍若無人ぶりを腹に据えかねた父が、祖父の部屋に向かいました。しかし父は、祖父をなだめるのではなくて、祖父に負けないくらいの大声で祖父をなじりだし、大ゲンカとなりました。

実は父の中にも、かなりの修羅があったわけです。それを普段は、会社のために黙々と働くことで、抑え込んでいたのでしょう。それが、怒りが沸点に達したことで抑え切れなくなり、爆発したというわけです。

父は若い頃住んでいた隣県で、名門の旧制中学校を卒業し、旧制の高等学校に進みました。昭和の初頭に生を享《う》けた世代としては、結構秀才だったと思います。

しかし高校卒業後に、東京帝国大学の入試に挑戦したものの、それは失敗に終わりました。その時に失敗を、祖父に激しくなじられたのだそうです。

当時は敗戦直後の混乱期だったので、東大が駄目なら第二志望の私立大学に、という具合にはいかなかったようで、結局大学進学自体を諦めたということでした。

だから父の心の中には、失敗をなじられた屈辱感や、親に冷たく当たられたやり切れなさに加えて、結構秀才だったのに大学で学ぶ機会を得られなかった無念さ、そして大卒の肩書きを持っていないことによるコンプレックス、そんなものが渦巻いていたのだろうと想像します。

父は昭和初頭世代には珍しく、一人っ子でした。だから親との関係が良くないと、心のわだかまりは強くなってしまいます。兄弟がいないと、親子の葛藤を相対化する回路がないわけですから。

そんなわけで、尋常でない修羅を抱えた者どうしが正面からぶつかり合って、家の中はまさに修羅場となったという次第です。

その〝大事件〟の影響は、妹にはストレートに表れました。小学二年生だった妹には、相当なショックだったようで、その後激しく泣きわめくようになるなど、様子がおかしくなりました。そして三年生になってしばらくすると、学校に行かなくなりました。

それでも、しばらく時間が経つと、心は少しは落ち着いてきたようで、四年生になる頃には学校に戻りました。妹はかなり〝勉強のできる子〟だったので、学校生活に定着すると、輝きだしました。中学校では成績は学年でトップクラスで、高校は県で一番の進学校に行きました。そしてそこから、相応の偏差値のレベルの国立大学に、現役で合格しました。また中学・高校とスポーツ系の部活動に取り組み、登校拒否はすっかり過去の出来事になったように見えました。

ところが、大学に入って半年もすると、人生の歯車が再びうまく回らないようになってしまいました。大学に出ていかれなくなり、アパートに引きこもるようになってしまったのです。

妹もさすがに、このまま人生を停滞させるわけにはいかないと思ったのか、アルバイト先で出会った男性との結婚生活に、いささか強引に踏み切りました。引きこもってしばらくすると、アルバイトには出ていかれるようになっていたのです。

しかし相手の男性は、経済状況がかなり不安定だったため、妹が三十歳を過ぎたあたりで、生活は完全に破綻してしまいました。相手の不安定な状況を考えて、結婚話は慎重に進めたほうが良いと、私や母は妹に言ってはいたのですけれど、妹はよほど焦っていたためか、私たちの忠告を聞き入れなかったのです。

中学・高校と〝できる子〟だったのに、大学に入ると程なくしてつまずいてしまい、大ショック。かといって〝高卒〟の立場で世の中を渡っていけるようなバイタリティーもない。おそらく妹はそんな感じだったと思うので、〝主婦〟のポジションを手にすることでしか、事態の打開を図れなくなっていたのでしょうけれど。

そして妹は、人生の展望をすっかり見失って、精神の収拾がつかなくなりました。普通に生きていくことが難しくなりました。

私は妹については、中・高時代から、頭は良いのだけれど、精神は年齢の割にかなり幼いように感じていました。小学二年生の時に受けたショックがあまりに大きかったために、精神の成長がそこで止まってしまったのではないかと思います。だから、学力は大学生レベルになっていても、精神は小学生レベルだったと思います。

そういうアンバランスな状態では、大学で勉強するのは難しいです。十代の頃は学業成績の優秀さで、自分の不安定さをごまかせていたのですけれど、二十歳が近づいてくると、もうごまかしが利かなくなったのではないでしょうか。

私が妹にとって特に良くなかったと思うのは、父や母からの精神的なケアがあまりなかったことです。まだ幼かった妹には、ケアが特に必要だったと思うのですけれど、父も母も、祖父が巻き起こす感情の大嵐の中で、自分を保つので精一杯という感じで、子どものほうにまで心のエネルギーを向けられませんでした。

父は祖父への大反抗を試み、祖父の勢いを少しはそいだかもしれません。でも成果はその程度で、相変わらず〝家長〟は祖父という感じでした。父が主導権を握って、家の中を落ち着かせることはできませんでした。

それまで抑圧していた激しい感情を爆発させたことで、父の精神もいっそう不安定になっていたのかもしれません。自分の修羅に自分が翻弄されるということもあるかと思いますので、そんな感じで、もし会社生活でしくじってしまったら大変です。

だから父は父で、会社生活でいっそう慎重に自己抑制に努めなくてはならなくなっていて、子どものケアどころではないという感じだったかと想像します。

〝臣民〟の呪縛

妹の人生を考えると、祖父の傍若無人なふるまいは、やはりいただけなかったと言うしかありません。もし〝ふつう〟の中流家庭に生まれていたら、妹は頭の良さを活かして、ワーキングウーマンとして活躍するような人生を歩んでいたのかもしれません。

しかしそれならば、祖父がもっと穏健な人だったらよかったのかというと、そうは言えないところがあります。祖父の荒っぽさと、大戦争の時代を生き抜いてきたバイタリティーとは、表裏一体のものだったと思いますから。祖父がもし〝いい人〟だったら、時代の荒波にのみ込まれて、私たちの家族自体が生まれていなかったかもしれません。平和な時代なら、〝いい人〟であるのが一番良いのかもしれませんが、激動の時代だとそうとは限らないというところでしょうか。

明治の人であることが、祖父のふるまいに影響していたところもあったかと思います。祖父は明治の人なので、家父長意識は強かったことでしょう。嫁などは、家長の召し使いくらいに思っていたのではないでしょうか。だから嫁である母のことは、平気で怒鳴れたわけです。

東大入試で失敗した父をなじったというのも、家父長意識から「親」の立場を笠に着て、というところはあったでしょうか。

ただ父のエピソードについては、それだけではなく、別の側面もあったかもしれません。祖父は父については、「〝いい学校〞に行っていたにしては、いまひとつ頼りない」というように思っていたのかもしれません。その思いを大学受験での失敗の際にストレートにぶつけてしまったわけです。

父にしても、親を越えたいと強く思いつつも、自分は親の器量にはかなわないと感じていた節はあったでしょうか。そこを素直に認めて、自分には自分の人生がある、分相応に生きるしかないと、割り切れるとよかったと思うのです。

当時としては高学歴で、自意識が強くなってしまっていた父には、そういうことが難しかったのでしょうけれど、そのことができなかったので、祖父が修羅を抱えていたことへの反作用として、父も修羅を持つことになったと考えます。

私と妹は感情の大嵐の中に取り残されるような感じになっていて、妹はやり切れなさと恐怖心とで大泣きしていました。

一方私は、小学四年生の頃から空想にふけるようになっていました。自分とは違う人格を頭の中でつくり上げて、それに自分の魂を投げ入れるようなことをやっていました。その人格は、育ちが良く、野球が好きだったけれど、下手だった私とは違って、野球がうまい。それも、後にプロ野球のスカウトからも注目されるくらい、半端なくうまい。――なにぶん頭の中の世界なので、そこまで話を盛っていました。

そんなことをやったのは、もちろん吹き荒れる感情の大嵐に翻弄されないようにするためです。家中が翻弄される中で、自分だけは正気でいなくてはいけないと、子どもながらに思っていました。正気を保つために、魂を異世界に避難させたといった感じでした。

そして、人生が終盤にさしかかった今の時点から振り返ってみると、あの十歳のあたりで、私の宿命が明らかになりました。それは祖父が散らかし放題に散らかしてしまった家族の縁《えにし》を、結び直すということです。

明治の人であった祖父には、家父長意識が強かったこと以外にも、重大な問題があったと私は考えています。それは、大日本帝国の〝臣民〟の呪縛から逃れられなかったということです。祖父は結構アナーキーに生きてきたようなのに、政治的にはラディカルになれませんでした。生きざまは「体制」の枠を飛び越えていたにしても、政治意識は「体制」の枠組みから脱け出せなかったと思います。

私が想像しているとおり、多くの国民が辛酸をなめさせられた、大戦争の時代の不条理にやり切れなさを感じていたのなら、「大日本帝国」に批判の眼差《まなざ》しを向けない限りは真っ当には怒れません。どう考えたって、こういうふうにしか言いようがありません。もし国家を批判できないのなら、怒りは押さえ込んで「一億総ざんげ」に与《くみ》するしかありません。

ところが祖父は、おそらく明治期の国家イデオロギー教育で魂をがんじがらめにされていたがゆえに、戦争が終わってからも、「お上」に盾突くようなことはとてもできなかったのだと想像します。祖父は明治の人にしては、頭もキレて、目も利いたのでしょう。それでもそんな祖父にしても、魂の自由を阻害する大いなる限界を抱えていたわけです。

真っ当に怒れないと、感情はあらぬ方向に展開します。祖父の場合は、酒を飲んでは、身近な家族の、その中の弱い立場にいる者を怒鳴りました。大学受験に失敗して打ちひしがれる父を、なじったりもしました。

理不尽な怒りを向けられた父や母は、辛うじて自分を保ちはしましたが、その分、理不尽な怒りを向けられた悪影響は、さらに弱い立場にいた妹に、玉突きのように及びました。

妹の人生の暗転と、精神疾患の要因は、こういう家族の問題のからくりにあると、私は考えます。

でも妹は、なかなかこういうふうには考えられないようで、自分の精神がおかしくなったのは、自分の頭が生まれつきおかしかったから、と考えたがったりしています。自分はアンラッキーに生まれてきてしまったと思い込むことで、自分の運命に折り合いをつけようとしているのかもしれませんが、学業成績優秀だった妹が、生まれつき頭がおかしかったとはとても考えられないのです。

でも、妹がいくらかでも救われる道は、苦しくても事の真相に目を向けることにしかないと考えます。

それから、真っ当に怒れないと、怒りの感情はいつまで経っても止揚されません。本筋から外れたところに感情を投げつけていると、自分の魂がワンステージアップしたというような手応えがなかなか得られなくて、際限なく感情的になるような無間地獄《むけんじごく》に陥ったりします。

おそらく祖父はそんな感じで、命が尽きるまで大酒を飲み続けました。酒を飲みまくるうちに、うまく命が尽きてくれたので、何とか安らかに死んでいけたのでしょうけれど。内臓が人一倍丈夫だった祖父だったから良かっただけで、並みの人がやったら大病を招いてしまって、苦しみながら死んでいくことになったかと思います。

祖父は明治の人としては、特異なキャラクターの持ち主だったと思います。学歴はなかったでしょうけれど——尋常高等小学校卒くらいだったでしょうか、しかし、頭はキレました。心は荒っぽかったですけれど、そのことの裏返しとして、病気知らずのバイタリティーの塊でした。

そのキャラを活かして大戦争の時代をしたたかに生きてきたのでしょうけれど、祖父はキャラの立つ人だったからこそ、大戦争の時代が残した重大なテーマを、魂に取り込んでいたのではないでしょうか。

そのテーマはあまりに重かったので、この世にいるうちに処理しなくてはという切迫感が、人生が終盤にさしかかるにつれて、強まっていったと想像します。

祖父は七十歳の頃には、株式投資に励めるくらいのお金を持っていました。悠々自適の生活をすることは、十分可能だったはずです。それなのに、〝老成した晩年〟を自ら派手に覆してしまったのは、抱えていた問題があまりに重かったからに違いありません。

しかし明治生まれで、魂までは明治国家から自由になれなかった祖父は、その問題を適切に処理することはできませんでした。それで祖父のふるまいは、問題が重かった分、非常に乱雑になってしまったのです。

そのせいで家族を大混乱させ、結果として妹の人生の歯車をすっかり狂わせてしまいました。それでも大酒飲みのトラブルメーカーだった祖父の本質は、重い時代的課題を抱え切れずに呻吟《しんぎん》する姿だったと思います。

祖父は心が荒っぽかったですし、学歴もなかったので、そうした思いを整理された言葉で伝えることはできませんでした。それでも、祖父との間に魂のホットラインがあった私は、そのことを言葉にならない次元で感じ取っていました。

だから私は、「酒を飲むのはもうやめてくれ」などとは思いませんでした。そうせざるを得ないものが祖父の中にはある、と感じていたのでした。

もちろん十歳そこそこの時点で、いろいろなことがすぐにわかったわけではありません。人生の長い時間をかけて考えて、ようやくわかってきたことが多いです。

十歳の時点で、物事をしっかりと深く考えないと、自分の人生のテーマはこなせない、というような感覚はあった気がします。だからさしあたっては、感情の大嵐から距離を置いて、物を考えられる態勢を少しずつつくっていこうとしました。さすがに十歳そこそこでは、そんなに物事は考えられませんから。

問題児

それで私は、祖父とは違った形で特異なキャラクターになっていきました。十歳くらいではまだ無邪気なのがふつうなのに、妙に考え深い子どもだったかと思います。勉強もそこそこできたので、小学校三年生あたりから学級委員を仰せつかるようになっていました。私が四、五年生の時の担任だった先生は、私の奇妙なキャラが気になっておられたみたいです。朝のホームルームの際に時々本の読み聞かせをされて、『アンネの日記』を大泣きしながら読まれていたりした、情の篤《あつ》い中年の女性の先生でした。

だから、子どもにしては情の薄い私のことは、気になったのかもしれません。「もっと子どもらしく、元気にしたほうがいいよ」といったことを、何度か言われた記憶があります。

でも私としては、十歳にしてすでに人生の重いテーマを背負っていて、ふつうの「元気な子」にはとてもなれませんでした。だから先生の言葉には、「そう言われても……」と戸惑いました。私がふつうでない状況にあるということを、何となく感じ取っていただいたのはありがたかったのですけれど。

　私が十歳の頃には、テレビで四十歳くらいの父親が「腕白でもいい。たくましく育ってほしい」と小学生の息子に心の中で語りかける、食品会社のコマーシャルが、盛んに流れていました。私と同世代の方は、記憶に残っているかと思いますが、そのコマーシャルコピーは、当時の日本社会が男の子に投げかけていた、典型的なメッセージだったと思います。

　当時は石油ショックでブレーキがかかったりしていましたが、基本的には経済躍進の時代でした。私の父もそうでしたが、周囲のお父さんたちの多くは、すし詰めの満員電車に揺られて東京の会社に通い、そこでハードに働いていました。一九八〇代末のバブル崩壊まで三十年余り続いた右肩上がりの時代の、中間点を少し過ぎたあたりでした。

　だから世のお父さんたちからすれば、

「息子よ、お前も大人になったら、お父さんのようにがむしゃらに働け。会社のために、お国の繁栄のために、そして家族のしあわせのために」と言いたいところでしょう。

　そうなると学校は、強くたくましい男子を育てることを、当然要請されます。戦前のような、「富国強兵」を担う兵士に代わって、学校は産業戦士を育成しようとしていました。

私の担任は女性だったので、世のお父さんたちのメッセージをストレートに代弁していたわけではなかったと思います。それでも、多分に情緒的な動機からではあったと思いますが、「男の子は強くたくましくあれ」という感覚は、持たれていたようでした。

そういう感覚の先生からすれば、学級委員をしている私は〝優等生〟であると同時に、男の子っぽくない〝問題児〟でもあったわけです。

「男の子らしさ」をさらに極端な形で求める先生も、私の学校にはおられました。中堅の男性教師で、大学の体育会系の出身のようでした。

私が五年生の時のことだったと思いますが、隣のクラスの担任だったその先生は、クラスの男子二人がケンカを始めた時、その場に駆けつけながら止めには入らず、二人が疲れ果てるまで、取っ組み合いをさせたというのです。強くたくましくなるためには、学童期の男の子には、時には取っ組み合うような経験も必要だからというわけです。

クラスメートはそのエピソードを、その先生の〝男気〟を示すものとして、熱く語っていました。でも私は小学生なりに、それは違うだろうと思いました。

私がその先生の立場だったら、取っ組み合いなどただちにやめさせます。そしてそれぞれに、自分の言い分を主張させます。それから、場合によっては近くにいた人にも加わってもらって、それぞれの言い分にどのくらい妥当性があるかを検討します。そして最後に、双方が折り合えるような解決策を考えます。

主張がぶつかって取っ組み合うというのは、考えの違う相手を、つまり自分とは違う考えを、力でねじ伏せようというもので、そこにあるのは、言ってみれば戦争の論理です。そういう論理の下では、自分のほうが腕力が強ければ、自分の言い分をゴリ押しできますが、相手のほうが強ければ、何も主張できなくなります。小学生なりに物を考えようとしていた私は、そういう荒っぽい論理には強い違和感を抱きました。

私が六年間通った小学校は、教員の女性比率は結構高かったのですけれど、同時に中堅やベテランの男性教師の存在感もありました。そんな男性教師たちが、要所に配されていた感じでした。もちろん、荒っぽい考えの男性教師ばかりではなかったですけれども。

それはともかく、私の宿命が明らかになった十歳の頃から、私の魂は「学校」という世界できしみだしました。祖父がとっ散らかしてしまった家族の縁を結び直すという宿命を果たすには、明治の人である祖父がやり切れなかった課題――戦争の時代のラディカルな超克を成し遂げることが欠かせなかったからです。

だから私は、「兵士」とは違う形にしろ、男の子たちをまた戦わせようとする学校のあり方には、違和感を覚えだしたのでした。

運動音痴の草野球

それでも私は、十歳の頃は自分としては結構〝男の子〟をやっていたような記憶があります。家では空想にふけっても、学校では一人物思いにふけったりはしませんでした。昼休みには、クラスメートとドッジボールに興じたりしていました。

草野球もよくやりました。私が子どもの頃、昭和の後期は、草野球は男の子の遊びの定番でした。「放課後校庭に集まって野球をやろう」という話がクラスで持ち上がると、よく馳《は》せ参じていました。

祖父に教わった将棋に魅力を感じていた私には、野球にも将棋に通じるゲーム性を感じられて面白かったのかもしれません。一投一打ごとに局面が動いていく野球は、一手指すごとに局面が展開していく将棋のようでした。

ただ私は、運動神経はかなり鈍いほうだったので、当然野球も下手でした。下手でも熱心にやっていました。

父は旧制高校の時には、バスケットボールの選手だったそうです。秀才であると同時に、スポーツマンでもあったわけです。しかし私は、勉強ができるところは受け継いだものの、父のスポーツマンぶりは、不思議なことに全く受け継ぎませんでした。

祖父も、頭だけでなく体のほうもキレたみたいです。飲んだくれる前は、地域の運動会で年齢に似合わない俊足ぶりを披露して、会場を沸かせたりしていました。妹も文武両道でした。

一方母は、勉強はそこそこできたものの、運動神経はかなり鈍かったとのことです。私の運動音痴ぶりは、母の血を引いたもののようです。

十代の頃は、運動音痴なことはコンプレックスでした。格好悪かったですから。少し勉強はできても、鈍くさくては、運動部や校内スポーツ大会で活躍する人たちの格好良さには、とてもかないませんでした。

父も私の運動音痴ぶりは、気になっていたようです。経済躍進期の会社は、体育会的な世界だったかと思います。気合いとノリで盛り上がって、体力に任せて突き進むという感じだったでしょうか。だからスポーツが苦手で、体育会気質に合わないと、会社の空気にもなじめなくなります。父もそんなふうに感じて、不安になっていたかと想像します。

私も十代の頃は、体育の時間や校内大会で格好悪い思いをするたびに、父のスポーツマンぶりだけなぜ似なかったのかなと、恨めしく思ったりしました。でも今は、自分の能力が特異な領域に回っている分、運動能力は削られていたのだろうな、と思っています。

私はキャラクターが特異なのに合わせてか、人間としてのあり方についても、バランスが良くありません。何かの課題に特化して対応するようにできている人間、という感じです。

反対に父は、人間としてのバランスはすこぶる良かったです。しかしその半面、アピールポイントは持ちにくかったのかもしれません。それで、大卒の学歴がなかったこともあって、中堅社員で終わってしまって、その点は少々不満なようでした。

そんな運動音痴の私ですが、それでも草野球の場では、下手でも歓迎されました。草野球を楽しむには、人手がいるということもありましたから。だからそこでは、運動音痴というコンプレックスを感じずに済みました。上手い人も下手な人も、みんなで集まってやるのが草野球、という感じでした。

草野球に熱心に取り組んだのは、その場の自由で開かれた空気感が心地よかったから、ということもありました。昭和の時代には、まだそういう子どもの牧歌的な世界がありました。

参集してきたのが十人くらいの時は、数人ずつに分かれて〝三角ベース〟でプレーしました。技量が高い二人が代表者となってジャンケンをし、勝ったほうから交互に、自チームのメンバーを指名していきます。そうすると、有力なメンバーがうまく分散されて、戦力の均衡を図りやすくなります。即席のドラフト会議といった趣です。

下手な私は、当然下位での指名となります。いい勝負をして、勝っても負けても、参加者がそれなりに満足して家路につけるよう、子どもなりに知恵を働かせていました。

それでもあまりに下手だと、さすがに疎んじられます。ゴロが転がれば、ファンブルしたりトンネルしたり、フライが上がれば右往左往というのでは、野球になりませんから。だから私も、平凡な打球なら、さばけるくらいにはなっていたかと思います。

打つほうでは、ちょっとした思い出があります。当初は運動音痴ぶりが禍いしてあまり打てなかったので、ある時ふと思い立って、右打ちを左打ちに変えてみました。するとその時たまたま、いつもより少し打てたのかと思います。それ以降、右投げながら左打席に立つようになりました。私には左打ちのほうがいくらかは合ったのか、次第にうまく当たると長打が出るようになっていきました。そして少し打てるようになると、ますます面白くなっていきました。

不思議なことに草野球の場では、たいていが右打ちで、左投げの人まで右打席に立っていました。左打ちをしていたのは、私の周囲では変わり者キャラの私ぐらいでした。野球では右で打つものといった固定観念があったり、〝みんなと違う〟ことをやるのを忌み嫌うような風潮が、草野球の場にもあったりしたのかもしれません。

一方私は、みんなと違うことをやるのは割と平気でした。下手だったので、開き直って多少思い切ったことがやれたという面もありました。

昭和の後期に草野球に親しんだ方には、右翼はチームで一番下手な人が守るポジションという感覚を持たれている方が、結構いらっしゃるかと思います。そんな感覚ができてきたのも、おそらくたいていが右打ちだったということと関わっています。草野球では左打ちの強打者などまずいなかったので、右翼に大飛球が行くことはめったにありませんでした。だから右翼は、下手な人が守ってもまあ大丈夫だろうということになっていったと思います。

他方、強いゴロの行く三塁や遊撃、しばしば大飛球が行く左翼に運動能力の高い人を配するというのが、草野球では定番の戦略でした。

それで、隣のクラスと土曜日の午後に対抗戦をやるような時は、私の守備位置は当然右翼でした。人数が少し余っている時は、私の次に下手な人と交代で、右翼を守ったりしました。

高度な野球の世界では、右翼はイチロー選手のような名手が守ります。草野球の感覚とはあまりにかけ離れていますが、それはそれで野球の面白いところなのかもしれません。

ド下手・ド素人の私が、半世紀前にひそかに取り組んでいた右投げ左打ちは、昭和の終わり頃から、プロ野球でもやる選手が増えていきました。右投げ左右両打ちという選手も出てきました。そして近年では、米大リーグでも大活躍したイチロー選手や松井秀喜選手、これから大活躍しそうな大谷翔平選手は、こぞって右投げ左打ちときています。昭和のヒーロー・王貞治選手は、左投げ左打ちでした。

だから最近は、私は結構時代を先取りするようなことをやっていたのだと、スポーツニュースを見ながら、厚かましくも思ったりします。周囲の誰もやらなかったことを、半世紀も前に一人でやっていたのだから、少しだけなら自慢しても良いかなと思っています。

荒ぶる心

私は草野球の場では、ユニークなキャラを活かして、結構楽しくプレーしていたのですが、学校生活では私のキャラが問題を引き寄せてしまいました。

小学五年生になる際にクラス替えがあり、祖父のように、心に修羅を抱えた同級生と同じクラスになりました。彼の問題が、私のキャラと衝突してしまいました。

彼は何か事情があって、ご両親とは一緒に生活していなくて、お祖母《ばあ》様が彼の生活の面倒を見られているという話でした。そんな事情から、やり切れない思いをかなり抱えていたためか、言動は荒っぽかったです。暴力を振るったりはしませんでしたけれど。

その彼は、私が学級委員という立場で荒っぽい言動をたしなめようとすると、激しく反発してきました。「いい子ぶりやがって」などと、罵声を浴びせてきました。

彼の罵声には、もう一パターンありました。小学五年生の頃には、私にもまだガキっぽいところがあって、授業中に自分の知力の高さを、つい自慢げにアピールしてしまったことがありました。そういう時には、「利口ぶりやがって」という声が、彼から飛んできました。そのあとで、「お利口さんのお勉強を邪魔してやれ」というわけか、隣席だった彼からしつこくちょっかいをかけられたりもしました。

四年生までのクラスでは、彼のような反応をしてくる人はいなかったので、私は大いに戸惑いました。ヤンチャなメンバーはいましたが、彼らがしてくるのは無邪気なにぎやかしといった感じで、彼らは一線を越えて、クラスを引っかきまわすようなことはしませんでした。だから学級委員をやっていて、難儀をするようなことはありませんでした。

それに対して、彼の反応は無邪気さとはかけ離れていて、子どもにしては重いものでした。

それでも私は、三年生からやっていて、すっかり〝学級委員体質〟になっていたので、荒っぽい言動があると、出ていってたしなめないわけにはいきませんでした。それで彼からの反発は、ますます激しくなっていきました。

彼とは放課後はよく一緒に草野球に興じたりしていたので、折り合いが悪かったわけではなかったのです。彼の心が荒ぶっていなければ、クラスメートとしてふつうにつきあえました。でも彼は、心に重いわだかまりを抱えているためか、よく荒れ、その荒れが私への攻撃性に転化するという、悪循環になってきました。

さらに悪いことに、彼の荒っぽいエネルギーに引きずられるようにして、私に攻撃的な態度をとるクラスメートも出てきました。そういう人たちも彼に通じる心のわだかまりを抱えているようで、彼の攻撃性に便乗して人を攻撃することで、心のはけ口としているような感じでした。

それから、やはり彼のエネルギーに引きずられるような感じで、担任に反抗的な態度をとるメンバーも出てきました。これも私には困ったことでした。

「あなたが学級委員としてだらしないから、クラスがまとまらない」というように、いずれ担任に非難されるのだろうと思って、身をすくませていました。

五年生の時のクラスは性格温厚な人が多数派で、〝荒れたクラス〟になるような雰囲気は、もともとはありませんでした。ただ、思春期の入り口にさしかかって、心が少々荒っぽくなっていた人は何人かいて、そういう人の心が彼の荒ぶる心と呼応して、荒っぽいエネルギーに次第に歯止めが利かなくなっていきました。

私の通っていた小学校は東京のベッドタウンにあって、〝中流〟の子どもたちがやはり多かったかと思います。バブル経済が膨らみ切った一九八〇年代末には「一億総中流になった」などと言われましたが、そういう状況に向かって経済はまだ上向きで、生活の中流化は着実に進んでいました。そして中流化の進んだ家の子ほど、性格は概して温和だったと思います。

しかし中流化は、一様に進んでいたわけではありませんでした。クラスでは年に何回か、誕生日会と称して演芸会があり、その練習のために班のメンバーの家を回るような機会がありました。その際にそれぞれの家の暮らしぶりを子どもなりに観察していたのですけれど、結構お上品な暮らしをしている家もあれば、中流化の流れにやっとついていっているような感じの家もあり、そしてその流れに取り残され気味の家もありました。そんな具合に、微妙な格差が生じていました。

だから、中流のしあわせな暮らしに手が届かなかったのであろう彼が、心にかなりの鬱屈を抱えていたことは、想像に難くありません。私のふるまいにも、彼が抱えていたであろうコンプレックスを、刺激してしまったところはあったのかもしれません。

学級委員という立場を変に意識したりせず、もう少し柔らかな態度で接することができたらよかったのだろうと思います。しかし私は私で、心にただならぬ緊張を抱えるようになっていました。もっと柔らかな態度でというのは、当時の私には難しいことでした。

中流化の流れに取り残され気味の子どもたちの鬱屈は、一九七〇年代後半から八〇年代初めにかけて、「荒れる中学校」という形で爆発しました。

〝総中流化〟の流れの中で、一九七〇年代には学校での成績競争や進学競争が熾烈《しれつ》になっていました。そうなると、教育環境の厳しい〝非中流〟の子どもはつらいです。不利な状況にある自分たちは、学校でいっそう不利な状況に追いやられる、という現実に直面しました。そして、そうした現実がシビアに突きつけられてくる中学二～三年になると、荒れるようになってきました。彼らは学校で暴れ、時には教師に暴力を振るったりもしました。

今から考えると、「学校」という世界が変に聖性を帯びていたのがまずかったのではないでしょうか。学校は「人格の完成」などといった美しい物語を掲げながら、現実にはテストの点数による子どもたちの選別を、容赦なくやっていました。だから、下のほうのクラスに選別されていった子どもたちは、神経を逆なでされたようになって、激しく苛立《いらだ》ったわけです。

社会を上向かせようとすれば、人々の間の競争は激しくなります。皆が一様に豊かになれるわけではありません。だから、今の厳しい状況から脱け出したいのなら、必死にがんばるしかない。がんばりが利かないのなら、〝中の下〟あたりで何とか生きていくことを目指すしかありません。

競争で振り落とされていくのはイヤ、みんなが平等に暮らせるほうが良いというのなら、経済の上昇は諦めて、みんなが同じように、そんなに豊かでない社会、要するに社会主義を目指すしかない。――そんな政治のリアリズムを、荒れる子どもたちに真摯に語りかけるほうが良かったと私は考えます。

しかし当時の教師で、そういうことをやった人はまずいなかったと思います。多くの教師は、子どもたちの〝反逆〟を持て余しました。一部の良心的な教師は、重いわだかまりを抱える子どもたちの心に寄り添おうとしましたが、そのアプローチは多分にエモーショナルなもので、政治のリアリズムは希薄だったのではないでしょうか。

こんなことを言うと、それは粗っぽい総括だと反発される方はおられるかもしれませんけれど。テレビドラマの「3年B組金八先生」にだって、格差社会のリアルを語る場面は、おそらくなかったのではないでしょうか。

荒れる中学生に対して、「学校」はなすすべがなかったので、すぐさま「政治」が乗り出してきました。警察という権力装置まで動員して、子どもたちはまさに鎮圧されたのでした。

それで、「荒れる中学校」は数年で収まりましたけれど、子どもたちの鬱屈は、解消されないまま残りました。そしてその鬱屈は内向し、程なくしていじめの深刻化を招きました。いじめる子ども、いじめを苦にして命を絶っていく子どもの問題は、深刻化して四十年が経つというのに、一向に解決できていません。

登校拒否

このように数年後に「荒れる中学校」という形になった格差の問題が、私が小学五年生の時の教室には、すでに現れていました。

中流格差によるコンプレックスが、中学三年生になるのを待たずに、不運にして小五の段階で、おそらくかなり煮詰まってしまっていた同級生がいて、彼の荒っぽいエネルギーが制御できずに、〝荒れる教室〟になっていきました。ここでも私は、時代を数年は先取りする形で、問題に直面していました。

それも、荒れる中学生に暴力を振るわれた教師のような立場で、そうなっていました。クラスでも私は変にキャラが立っていたので、そうなってしまったのでした。

それで私は立ち往生し、消耗していきました。格差社会のリアルを語りかけるというのは、小五の身にはさすがに無理ですから。だから私には、事態打開の手立てはありませんでした。

彼の荒れを鎮めるためには、学校側がメンタルケアを試みるしかなかったと思います。

彼の生活状況にまで立ち入って、彼の心の状態を改善するために、打開の手立てがどこかにないか探るわけです。彼の荒れっぷりを学校側として看過できないと考えるのなら、当然そういう手立てを取るべきだったと考えます。

ところが当時の学校には、そういう発想は全くありませんでした。少々荒っぽいくらいなのが男の子という感覚が強くて、時には取っ組み合いのケンカをとことんやらせるくらいだったのですから。

そういう感覚からすると、彼は少々男の子ぶりが過ぎる、という捉え方で終わってしまいます。彼の心の痛みや、その背後にあったであろう格差の問題は、見逃されてしまいます。

反対に私のほうは、過剰に問題視されることになります。当時の学校の感覚からすれば、「男なら、やられたらやり返せ」ということになります。さらには、「やられてもやり返さないから、ますますやられるのだ」ということになります。要するに、「君が男としても学級委員としてもだらしないのがいけないのだ」と言われかねないわけです。

しかし現実には、「やられたからやり返す」という姿勢で、事態が打開できる可能性はありませんでした。彼のほうが腕っぷしが強かったので、取っ組み合いを挑んでいっても、こちらが組み伏せられる可能性が大きかったのです。

仮にこちらがいくらかは善戦したとしても、それはそれで、「彼の心が荒ぶっていなければ、クラスメートとしてふつうにつきあえる」という関係性を壊してしまって、厄介なことになっていたように思えます。

「やられたらやり返せ。それが男の道だから」というような感覚で突き進むのは、国力の差を考えずに米国に挑んでいった、大日本帝国の無鉄砲さに通じます。私は小学五年生にしては知性派で、平和主義者だったので、そんな愚かな選択をする余地はありませんでした。

私の担任は女性だったので、「やられたらやり返せ」と、マッチョ感むき出しで言うようなことは、さすがにありませんでした。それでも、「あなたがおとなし過ぎるのがいけないのでは」というような態度は、示すようになっていました。

「そんな（軟弱な）ことでは世の中を渡っていけないよ」というようなことは、言われた覚えがあります。担任は担任で、クラスの荒れを制御できなくて、焦っておられたものと思います。私が不安に思っていたとおり、学級委員の私が担任から苛立ちをぶつけられたことは何度かありました。

そして二学期の終わり頃には、私には言いがかりとしか思えなかった苦言を、連絡帳に赤ペンでびっしりと書かれました。それで、この教室にはもう身を置けないという感じになってしまいました。

三学期になると、一週間ほど学校を休むことを繰り返し、六年生になって、最初の三日だけは何とか行きましたが、四日目になると、もう学校に足が向かなくなりました。妹は三年生から四年生になる頃に学校に戻りかけていましたが、今度は私が妹と入れ替わるように、登校拒否になりました。

ただ、登校拒否の質は兄妹間で違っていたと思います。妹の場合は先に書いたとおり、家の中が大荒れだったことによる、情緒的な混乱が大きな要因だったと考えます。対して私の場合は、「学校」という世界との軋轢《あつれき》に起因していたのでした。

日本を経済大国へとのし上げたのは、日本の企業社会のマッチョなパワーだったことは間違いありません。私たちが依然として、昭和のお父さん世代のがんばりの成果である、経済的な豊かさを享受している以上、そのことを否定することはできません。

そして学校は、マッチョな企業社会とリンクして、がむしゃらに働く体育会系、あるいはガテン系の男子と、そうした男子をかいがいしく支える女子とを育成しようとしていました。

学校は社会的な装置である以上、社会の要請に応えようとするのは当然ではありました。しかし私は、そうした学校の志向性にはなじめませんでした。

第一に私は、幸い知力は高かったものの、前述のとおりかなりの運動音痴でした。だから、体力に任せてがむしゃらに突き進むという生き方には、生理的になじめませんでした。頭でっかちであっても、知力を鍛えることで生きる道を探すしかないという感じでした。

第二に私の魂は、前述のとおり十歳の頃から「戦争の時代の超克」を志向していました。もちろん小学生の時には、「戦争の時代の超克」などという難しい言葉は知りませんでしたが、意識を超えた次元では、すでにそういうテーマを感じていたと思います。

この国が取り残してきたと思われる、時代の課題を解き直そうというわけですから、近視眼的な時代の要請に、無批判に従うわけにはいかなかったのです。

私は四年生までは、勉強もそこそこでき、かつ生真面目でもあったので、学級委員をやるほど、「学校」という世界に過剰適応気味なくらいでした。

それが、五年生の終わりには一転して、「反学校」になってしまいました。当時の学校のマッチョな空気によって、私の精神と魂の非マッチョ性が強く否定されたからです。「学校」という世界は、問題が煮詰まってくると、一線を越えてその場の空気に合わない者の存在を、認めてはくれませんでした。

六年生の一学期には、一度校長先生がわが家に訪ねてこられました。いかにも人の良さそうな、初老の男性でした。

「あなたは勉強は結構できるようなのに、それでなぜ学校に来られないのですか」と言われました。少しは理屈をこねられたのなら、

「自分が自分でいられなくなったあのクラスの教室には、もう身を置けなくなったから」

とでも答えておきたかったところです。

私の小学生当時は、登校拒否は社会問題になってきてはいましたが、まだ一つの学校に一人いるかどうかというくらいだったでしょうか。それがわが家では、兄妹そろって登校拒否ということになりました。

それでも私は、六年生の二学期の終わり頃には学校に戻りました。人生のあまりに早い時期から「反体制」をやっていると、いずれ手詰まりになりかねないということを、子どもなりに感じていたからだと思います。

カウンセリングを受けにしばしば出かけていましたが、その際の駅への行き帰りに、学校が終わって街へ繰り出している人がいて、ばったり会ってしまったら気まずいなとは思っていました。それで、びくびくしながら駅前通りを歩いたりしたものです。

とんでもないことをしているという意識はやはりあって、登校拒否はどこかで切り上げて、ふつうの子どもの生活に戻らなくては、とは思いました。

部活をしない中学生

しかし私は、中学生になると程なくして、再び登校拒否に至りました。中学校の文化になじめずに、カルチャーショックを起こしたことが要因でした。

中学に入ってまず面食らったのが、シビアな成績競争でした。一学期の中間試験が終わると、一位から最下位までの総得点が一覧表にされ、自分の得点のところに印が付された用紙が、各人に渡されました。小学校の時には、採点され、得点の付されたテスト用紙が各人に返される程度だったのですけれど。

みんな初めての経験に興奮し、しばらくは中間試験の話題で持ちきりだったので、誰が何位だったのかは、だいたい知れ渡りました。

中学一年生の時には頭抜けて成績の良いクラスメートがいて、私は順位はクラスで上のほうでしたが、総得点では一位の彼に水をあけられました。それでも、国・英・社・理と彼が一位だった中で、数学だけは私がクラス一位でした。一位の彼の〝完全優勝〟を阻止して、小学校時代の〝できる子〟としては、何とか面目を保ちました。

それでさしあたっては安堵《あんど》したのですけれど、こういう神経をすり減らすような競争を三年間やるのかと思うと、うんざりしました。勉強はテストの点数を競うためにやるものではないだろう、とも思いました。

点数競争以上に面食らったのが、部活動という世界でした。

小学校六年生の終わり頃から、中学生になったらどの部に入るかで、友達の間ではしばしば話が盛り上がったりしていました。しかし私は、部活動の話には乗れずにいました。かなり運動音痴な私は、三年間がんばったところで、最後の夏に活躍できる見込みはあまりなかったからです。自意識は結構強かった私は、自分が活躍できないのなら、やっても面白くないという感覚でした。

そんな感覚の私は、みんながみんな活躍できるわけではないのだから、一～二割は部活動に参加しないだろうと思っていました。

ところが四月後半になって部活が本格的に始まると、部活動に参加しないのは、男子では私だけということになりました。女子では不参加者が数人いましたけれど。

〝みんなと違う〟ことには割と平気だった私も、この結果にはさすがに愕然《がくぜん》としました。

当時は「スポーツ根性もの」と言われるテレビ番組が盛んに放映されていた影響もあってか、スポーツがそれほど得意そうでない人も含めて、みんな部活動、特に運動部に熱くなっていました。ヒーロー・ヒロインの世界に自分も入っていけるように思ったからなのか、みんなの心には高揚感が溢《あふ》れているようでした。

しかし小学校時代の登校拒否によって、「学校」という世界に対して心が冷めていっていた私には、そういう感覚は想像がつきませんでした。

それでも私には、一人になるのはさすがにかなわないから、とりあえずどこかの部に入っておこうという考えは起こりませんでした。三年生になっても、レギュラーメンバーの練習サポート要員で終わりそうでつまらなそうでしたし、またそれ以上に、部活動の人間関係に自分はついていけないと思いました。

部活動では、みんなで一丸となって勝利を目指すというコンセプトが強いです。そうなると、そこでの人間関係は当然〝密〟になります。思春期男子特有の激しい感情をぶつけ合うようなこともあるでしょう。小学校時代に激しい感情に翻弄されて往生した私は、そうした場面に身を置くのはかなわないなと思いました。

また部活動では、顧問の教師には絶対服従、そして先輩にはへりくだる代わりに、後輩にはいばり散らすといったタテの関係も出てきます。自意識が強く、かつ中学生にしては妙にクールになっていた私は、そういう人間関係は面倒くさいと感じました。

草野球の時のように、自分の意思でボールを追いかけるのなら良いのですけれど、教師の指示と、先輩の監視の下で、グラウンドや体育館を走り回らされるのは、ご免こうむりたかったたです。放課後の二〜三時間、日曜日と定期テスト前を除いて、年間のかなりの期間そういうことをやらされるとなると、私にとっては苦役でした。

要するに私にとっては、そういう苦痛のほうがたった一人になることの心細さよりはるかに大きかったので、〝みんな〟に同調して、とりあえずどこかの部に入っておくという発想は出てこなかったのでした。

部活動への参加を強要する法的な根拠はなく、不参加の自由というのもあるはずです。私は中学生なりに合理的に考えて不参加を決めたのだから、その選択は尊重されて然《しか》るべきです。ところが中学校という世界では、そういう法理よりも、「中学生になったらみんな部活動をやるのが当然」という不文律のほうが、まかり通っていました。

中間試験後の親子面談の折だったかに、

「部活動に参加しない者については、学校としては問題視している。特に男子の場合は」

というような言われ方を担任にされたような記憶があります。〝内助の功〟で男子を支えればよい女子には、部活動不参加を認める余地がいくらかはあっても、男子にはその余地はないというわけです。

小学校高学年の時には、「あなたは男の子っぽくなくて良くない」と、自分の実存的なあり方を「学校」という世界から否定されたように感じましたが、中学校でも続けて、「部活動に背を向けるなど、男子たる者にふさわしくない」と〝ダメ出し〟をされたわけです。

「中学生になったらやるのが当然」の部活動をやらないということでは、同級生からも冷たい眼差しを向けられてきているように感じました。

小学生の時には、〝みんな〟と違う雰囲気を持っていても、あるいは多少〝みんな〟と違うことをやろうとも、そうするのが自分のキャラだからと言って、通る余地がまだありました。しかし中学生になると、頭でっかちな自分には〝スポ根〟的な世界は合わないとアピールしても、すんなりと受け容《い》れてはくれないようでした。

中学校では部活動という世界が、自分の想像以上に大きなウエイトを占めていました。そして部活動に参加しないことによる圧迫感には、想像以上のものがありました。そんな圧迫感が、中間試験が終わってしばらくして、六月上旬頃になると限度を超えてしまい、再び学校に足が向かなくなりました。

私にとって幸運だったのは、入学早々に行われた知能テストで、高得点を取っていたらしいことでした。時々私の様子を見に来てくれていた同級生から、ある先生がそんなことを口にされていたと、耳にしていました。

だから学校側には、「せっかく頭が良さそうなのだから、いつまでも登校拒否でくすぶらせておくのはもったいない」というような感覚は、あったのだろうと想像します。「男子のくせに部活動に参加しない軟弱さを何とかしなくては」というアプローチから、「一年生のうちにはとにかく学校に戻れ」という姿勢に、次第になっていきました。

それで、部活動への不参加については、黙認してもらう形になりました。学校復帰が第一で、部活動にまでは取り組む余裕がないから、という名目です。

私としても、再度の登校拒否の大きな要因であった部活動の問題が何とかクリアされるなら、とりあえず学校に戻るしか道はありませんでした。今なら学校へ行く以外の学び・育ちを選べる余地もいくらかはあるのでしょうけれど、私の中学生当時は、中学生なのに中学校に行かないということは、考えられませんでした。

　大学に行くまでは何とかがんばってみようかな、という気持ちにはなっていました。再度の登校拒否で、状況は厳しくなってしまったのですけれど、自分が背負ってきた問題の意味を考え、自分の生きる道を探るためにも、大学まで行って、とことん勉強してみたいとは思いました。

　それでも、部活動不参加を学校側には黙認してもらっても、すんなりとは認めてくれない同級生はいました。二年生の秋になると、

「何で（男子では）お前だけ部活動をやらないんだ」と問いかけてくるクラスメートが現れました。

「十代の時にはスポーツをやって、体を鍛えないと、一人前の男にはなれないぞ」というような言い方で、私に〝ダメ出し〟をしてくる人もいました。

　二年生の秋というと、三年生が引退して自分たちの代になり、最後の夏に向けて、部活動にますます力が入っていく時期です。そんな時に私は、授業が終わるとさっさと家に帰っていたわけですから、〝みんなで一丸〟がモットーの部活動参加者からすれば、「あいつ

だけさっさと帰って、「何だ」と思うことになっても不思議はありません。

小学校から一緒で、幼なじみというべき人が中学校には多かったので、私が学校生活に戻ったことは、多くの同級生が歓迎してくれました。しかし私が学校生活に定着してくると、相変わらず部活動に参加しない私に対して、冷ややかな空気が出てこなかったわけではありませんでした。

それから二年生の秋には、今でも忘れ難い出来事がありました。昼食時の雑談の折に、私が芸能界の話題にあまりに疎いことが明らかになって、クラス中から驚かれ、あきれられました。今風に言うと、ＡＫＢ48のことを知らなくて、クラス中にドン引きされたという感じです。

私たちはテレビ世代なので、小学校高学年の頃から芸能人に熱を上げる人は、男女を問わず少なからずいました。そんな芸能界好きの一人の女子からは、「あなたは何が楽しみで生きているの？」と、その時哲学的とも言える問いを投げかけられました。それに対して、「自分の人生には楽しみなどというものはないんだ」とでも答えておけば、ニヒルで、少しは格好良かったかもしれません。でも十四歳の私は、そんな気の利いた返答はとてもできなくて、答えに窮して押し黙ってしまいました。

私は、テレビが嫌いというわけでもなく、妹が見ている番組を、ぼんやりと一緒に見ていたのだと思います。でも画面の中で美少女たちがセックスアピールを繰り広げているのを見ても、心がときめいたりしなかったことは確かです。

そんな感じなので、思春期男子がしばしば盛り上がる、下ネタ系の話も苦手でした。最近では「性の多様性」といったことも認識されるようになってきましたが、私が中学生の頃は、そんな認識は全くありませんでした。

だから、エッチな話題を振られてうまく反応できないと、「お前、それでも男か」といった侮蔑《ぶべつ》の言葉が飛んできかねませんでした。

そんな言葉を投げつけられるのは、さすがにつらいので、その種の話になりそうになると、私は何とか気配を消して、話が自分に回ってこないようにと苦心していました。

私は自分の性に違和感を抱いていたわけではありませんでしたが、社会が求めてくる男性性は、自分の魂の志向性とは合わないということは、はっきりと感じるようになっていました。そんなところから、性的関心は同年代の男子に比べて弱くなり、そしてそのことが芸能界音痴にもつながっていたかと思います。

今から振り返ってみると、私は半世紀近く前にジェンダーの問題に、男性の立場からかなり尖鋭《せんえい》的に触れていたのかもしれません。

それはともかく、〝ドン引き〟事件の後、クラスの女子の何人かからは敬遠されるようになっていました。「あいつは男として問題あり」というような感覚を持たれたからかもしれません。

部活動をやらない私への冷たい空気と相まって、学校での居心地の悪さは登校拒否前からそんなには和らいでいないという感じでした。歯車が少し悪いほうに回りだしたら、また学校で身がもたなくなりそうで、かなり緊張して毎日学校に行っていました。

好転の兆し

状況が好転したのは、二年生の三学期あたりでした。その頃試験の成績が一気に上昇しました。後に県で一番の進学校に進んだ、最上位の何人かには追いつけませんでしたが、その頃からその下の第二グループには食い込むようになりました。

二度の登校拒否による、学業のかなりのブランクを経てのことでしたから、相応にインパクトのあることではありました。私のまわりに微妙に漂っていた冷たい空気を、力ずくで押しのける形になりました。

「勉強はテストの点数を競うためにやるものではないだろう」と中学校入学当初に思った私としては、テストの点数によって私への〝ダメ出し〟の声を押さえ込むというのは、決して本意ではありませんでした。それでも、もうなりふり構ってはいられないという感じでした。何であれ、うまく勢いをつけて、自分とは波長が合わなくなった「学校」から、とにかく脱け出してしまおうと思ったのでした。

それでも、そんなに力んで机にかじりついていたわけではなく、学校生活にある程度定着したら、学業成績は自然に上がっていったという感じでした。

一九七〇年代になると、成績競争・進学競争は結構熾烈になっていたため、中学三年生になると、成績が中の上より上の人はほとんどが進学塾に通っていました。そんな中で、私は上位陣では唯一と言ってもよいくらいのマイペース派で、塾にも行っていませんでした。登校拒否のこともあるので、高校は大学進学実績のそこそこあるところに行ければ良いか、という感じでした。高校入試の段階で勝負を急ぐことはないだろうと思っていたのです。

中学生にしては妙にクール。そんなにしゃかりきに勉強をしているわけではなさそうなのに、いつの間にか成績上位クラスに戻ってきている。――そんな感じで、不思議な存在感を示していたであろう私の姿に惹かれたのか、三年生の時にはクラスで仲良くしてくれた人が何人かいました。

その一人は、家の経済状況も考えてか、大学進学は全く眼中になくて、高校を卒業して就職するつもりでいました。成績競争上のライバル関係がないこともあって、彼らとは気楽につきあえました。

当時は大学進学まで見据えて高校選びをしていた人は、男子でも四割くらいだったかと思います。彼のように、勉強するのは高校までと考えている人のほうが、多数派でした。大学進学熱は高まってきてはいたものの、大学進学を視野に入れられるのは、まだ暮らし向きがある程度良かった人に限られていました。

そんなふうにして微妙な格差が明らかになる中で、大学進学が見込めない人たちの中には、コンプレックスを強めている人もいました。そんな人たちは、自分たちのコンプレックスを押し隠そうとするかのように、少しワルぶって、ツッパリスタイルをとりだしていました。

それでも彼らは、私たちの三年くらい後の人たちとは違って、一線を越えて激しく暴れたりはしませんでした。世の中の学歴へのこだわりは強くなっていましたから、大学は無理でも、高校くらいは出ておかないと、という気持ちは、彼らも強く持っているようでした。

だからツッパリ君たちも、高校進学が危うくなるようなグレ方はしませんでした。そんなブレーキ機制が、それから数年で急速に崩れていったわけです。

魂に刻み込まれた人生のテーマが現れだした十歳過ぎから、子どもにとっては重すぎる問題に教室で直面したり、その結果「学校」との軋轢が強まったりと、私は苦戦続きでした。そんな中で中学三年生の一年間は、人生の歯車が割とうまく回った、十代に入って初めての時でした。最上位の何人かにはかなわなかったものの、学業成績は学年で上位をキープし、クラスでの友人関係も悪くはありませんでした。

それでも高校入試の時期になると、歯車がおかしな方向に回りかけました。結構マイペースで勉強に取り組んでいた私でしたが、入試本番が近づくと、変なプレッシャーを感じるようになっていたからです。

それは、部活動不参加を黙認してもらったりして、配慮してもらったのだから、何とか学校側の期待に応えるような結果は出さなくてはならない、というものです。

それで変に緊張したためか、県立高校の入試での出来があまり良くなくて、落胆したりしました。どうやら進学先は、第二志望の東京の私立高校で、三年間満員電車に揺られることを覚悟しなくてはならないか、と思いました。

でもふたを開けてみれば、通学が割と楽な第一志望の県立高校に合格できていて、安堵したのでした。

それから、入試を控えた時期には、クラスで仲良くしてくれた彼と、ちょっとしたトラブルになりました。

ある時、彼の無神経と思えたふるまいに苛立って、私が思わず怒声を発してしまったことがありました。私は自分で言うのも何ですが、普段ならめったに怒らない人間なのですが、その時は受け流せるようなことでも激しく苛立ってしまうくらい、心の余裕を欠いていたのでした。

彼は彼の力からすれば十分合格できる高校を第一志望にしていて、入試は楽勝という感じでした。それで、入試本番が近づいても、緊張感が高まっているような様子は全くありませんでした。

そんな〝お気楽〟な彼だったので、それまでは泰然自若としていた私が、入試が近づいて変なプレッシャーに襲われているとは、全く想像がつかなかったものと思います。

そんな感じで卒業までの間、彼との関係はぎくしゃくしてしまいました。せっかく仲良くしてもらったのだから、気持ちよく別れて、それぞれの道に進めると良かったのですけれど……。割と好調だった一年の最後に生じた、ほろ苦い出来事でした。

私の心が乱れた要因は、実はもう一つあるのですけれど、それはデリケートな問題なので、文字にするのはやめておきます。

最後にそうした波瀾《はらん》が起きかけて、少し肝を冷やしましたが、何とか中学校生活を良い形で終えることができました。そこそこの進学校に行ければ良いかな、と思っていた登校拒否明けの時期から考えれば、県立の伝統のある高校に入れたのだから、上出来と言えました。

将棋部

思いどおりの志望校で始まった高校生活でしたが、波瀾万丈の十代前半を何とか脱け出せた安堵感が大きすぎて、二年生の頃まではなかなか勉強に身が入りませんでした。それで成績は、中から中の下あたりに低迷していました。県内では有数の進学校だったので、中学の時のように、三年生になって急浮上というのは難しいかなと思いました。一年浪人して、そこそこのレベルの大学に引っかかれば良いくらいかな、とも思い始めていました。

高校では、中学の時とは違う形で、部活動という世界を体験しました。中学の時の部活動はほとんどがスポーツ系で、文化系は音楽部くらいでした。その音楽部も部員は全員女子で、男子の入る余地はありませんでした。たとえその余地があっても、私は音楽には関心がなかったので、入部を考える対象とはなりませんでしたけれど。

スポ根色の濃かった中学校の部活動に対して、高校は文化系のクラブも結構多彩で、大学のサークルのような雰囲気もありました。

それで私は、中学の時に部活動を体験できなかった寂しさを埋め合わせたい気持ちもあって、少し欲張って文化系のクラブ二つに入りました。うち一つは中途半端で終わってしまいましたけれど。

また高校では、部活動に対する姿勢はずいぶんドライになっていて、中学入学当初のようにみんな熱くなるというようなことはありませんでした。学校側は「文武両道」などと言って、勉学と部活動の両立（それも、できれば運動部との）をしきりに訴えていましたが、自分には部活動をやるメリットはないと考える人は、その訴えに平気で背を向けました。

また、部活動をやっている人が、やらずに帰る人（通称〝帰宅部〟の人）を揶揄《やゆ》するようなこともありませんでした。運動部の人、文化部の人、〝帰宅部〟の人が、それぞれ三分の一くらいずつだったでしょうか。

私が三年間活動したのは、将棋部でした。幼少の頃から将棋好きだったこともありますが、中学三年生になった頃から、子ども時代に比べて強くなっているような感覚が、自分の中にあったからでもありました。それで、高校に将棋部があるのなら力試しをしたいと思って入部しました。

私は将棋に幼少の頃から親しんでいたことと、知力は高いほうだったこともあって、小学生の頃は、子どもどうしで指す場では、いくらか強かったです。しかしせいぜいその程度で、将棋好きの大人からも注目されるくらい強い、というようなことはありませんでした。

その頃は、素人っぽい指し方をしていましたし、「下手の横好き」の祖父に教わったので、本格的な手ほどきを受けた経験はありませんでした。

それでも力を付けたのは、登校拒否明けの頃から新聞を毎日読むようになったからです。新聞には将棋欄があります。その日の掲載終わりの局面で、次にどう指すのが良さそうなのかを考えることが、私には格好の上達法になりました。

それで次の日の将棋欄で、実際にプロが指した手を見て、自分が考えた手と比較検討していきました。そんなことを繰り返すうちに、自然と強くなったような感覚が出てきていました。

私は頭の中で結構駒を動かせたので、盤と駒を引っぱり出してくる必要はなく、毎日十分くらいの頭の体操という感じで、そういう作業ができました。

そうやってプロの指し方とか、勝負の呼吸とかを身につけていきました。そして小学生の頃にふけった空想は、次第に将棋の脳内イメージトレーニングに移行していったのでした。

中学生ながら新聞を毎日読むようになったのは、登校拒否を通して自分が世の中の空気になじめていないことを感じるようになっていたので、世の中の動きに目を凝らしておかないといけないという意識が出てきていたからかと思います。

中学生にして新聞を毎日読んでいる人など、クラスでも学年でも私だけだったかと思います。今では新聞を教育に活用するといった取り組みも出てきているようですが、私が中学生の時には、そんなものはありませんでした。中学生は勉強と部活動だけ一所懸命やっていれば良い、余計なことは考えるな、といった空気がむしろあるくらいだったかと思います。

高校生になってからでも、新聞を毎日読んでいる人は、クラスに数人しかいないようでした。知力の高い人が集まっている、県立の進学校にしてそうでした。政治・経済の時間に、「新聞を毎日読んでいる者は?」と問うて、パラパラとしか手が挙がらなかったのを見て、先生はご不満そうでしたけれど。その先生は、組合活動にご熱心で、左派的な方だったようです。

それはともかく、力試しをしてみたくて入った将棋部では、一学期に行われた、一年生から三年生まで全員参加の総当たりのリーグ戦で、連戦連勝で、自分でもびっくりの快進撃となりました。いつの間にか力が付いてきているという自分の感覚は、独り善がりでは全くありませんでした。

その時のことで今でも覚えているのは、唯一負けた対局のことです。指し手の一つ一つまではさすがに覚えていませんが、大まかな対局の流れは頭に残っています。勝った対局のことは、もうすべて忘れましたけれど。

私は大山康晴十五世名人を真似《まね》て、「振り飛車」と呼ばれる戦法を好んで指していました。昭和の大棋士であった大山名人は、私の高校時代の一九七〇年代後半には、すでに全盛期は過ぎていましたが、将棋界での存在感はなお絶大でした。

その大山名人が、棋士生活の後半に盛んに指していたのが、この「振り飛車」という戦法でした。大山名人の影響力もあって、一九六〇年代から七〇年代にかけては、プロ棋界をこの「振り飛車」戦法が席巻していました。

将棋の指し方には大別すると二つあって、一つは攻撃の主力である「飛車」を定位置に置いたまま指し進める「居飛車」と呼ばれるものです。

もう一つが「振り飛車」で、これは対局開始早々に飛車を左に動かし、相手の飛車に近い筋にもっていきます。その後で、「王将」を飛車のいた右側へ動かし、飛車がいなくなって広く使えるようになった右側のスペースに「金将」と「銀将」を集結させてスクラムを組み、「美濃囲い」と呼ばれる堅陣を築きます。

「振り飛車」にすると、守りを固めて相手の攻めを迎え撃つという、受け身の指し方になることが多いです。〝後の先を取る〟ような、深遠な勝負術があってこそ、指しこなせるような戦法だったのかもしれません。

高校生の分際では、大山名人の勝負術まではとても真似できませんでしたけれども、受け身の指し方が自分の気性には合っているように感じたので、形の上では真似していたという次第です。

また私に限らず、当時はこの「振り飛車」戦法を好んで指していた、高校生将棋部員は多かったです。自分から主導権を取りにいく「居飛車」は、ある程度指し込んでいないと指しこなせないところがあって、アマチュアの棋客が指すにはハードルがやや高いところはありました。プロ棋界と同じく、アマチュア棋界でも、当時は「振り飛車」全盛でした。

私が総当たりのリーグ戦で唯一負けたのは、部のリーダーの三年生の先輩でした。先輩は私を「振り飛車」に誘って、私が飛車を左に動かすと、同じように飛車を左に動かしてきました。このように双方が開始早々に飛車を横に動かし合う戦型を、「相振り飛車」と言います。

プロの将棋では、「振り飛車」が得意な棋士どうしが対戦した時に、この「相振り飛車」になることが時々ありました。私も新聞の将棋欄や、NHK杯将棋トーナメントで何度か見かけたことはあったので、その記憶をたぐり寄せながら指し進めました。

しかし、自分で実際に指した経験はありませんでした。作戦巧者の先輩に、未経験の戦型にまんまと誘導されてしまったわけです。こういう状況ではさすがに力を出せなくて、先輩の巧みな指し回しに翻弄されて、勝機を全くつかめないまま、完敗を喫しました。

でもこの敗戦は、連勝を止められて悔しかった思い出ではなくて、負けたけれど嬉《うれ》しかった思い出として、記憶に残っています。

「よほど作戦を練り込んでこなくては負かせない。君はそれくらい骨のあるヤツだ」――先輩にそんなふうに認めてもらったようなものですから。先輩は言葉ではそう表現されませんでしたが、先輩の指し方はそう言っていました。「棋は対話なり」とも言いますし。

私には学校が示す〝男の子〟像から大きく外れるところがあって、小学校、中学校と続けて否定的な眼差しを向けられてきた経験があっただけに、掛け値なしの自己肯定の感覚を得られたことは、忘れ難い思い出としてあります。

先輩は三年生部員としてのメンツにかけて、一年生ながら白星を重ねる私に何としても土を付けるという意気込みで、作戦を練られてきたようでした。私だって生意気にも、「高校の部活動といっても、勝負の世界なのだから、新入部員に全勝させたら駄目ですよね？」と思っていましたし。

相手の得意戦法を受けて立って、堂々と寄り切るのが、もちろん一番威厳を示せるやり方です。でも、相手の得意を外してなりふり構わず勝ちにいくというのも、勝負の場ではアリです。勝負の場では勝つことが一番の目的ですから、勝つ可能性の一番高いやり方をするのが鉄則だと考えます。

総当たり戦は、二、三年生の実力者どうしでの星の潰し合いがあったので、一つ星を落としても、私は首位は譲りませんでした。

それが終わって私は、「相振り飛車」を指すのはもうやめようと思いました。先輩にいいように翻弄されて、にわか勉強しかしていない私には、それは指しこなすのが難しい戦型だと感じたからです。

それで私は、自分は「振り飛車」が得意だけれど、何が何でも「振り飛車」とは主張しないことにしました。相手が「居飛車」で来るのを見極めてから「振り飛車」にするようにし、相手が「振り飛車」にしそうな時は、自分は「居飛車」で迎え撃つようにしました。自分が得意な「振り飛車」にこだわりつつ、自分の技量が追いつかない「相振り飛車」にはならないようにしたのでした。

高校生の部活動としてやることなのだから、自分が一番力を出せそうな戦型で指そうと、そのあたりは割り切って考えたというわけです。

私が一年生の時には、県内の他の有力選手より力が頭一つくらい抜け出た、県内の〝絶対王者〟と言うべき選手が、ライバル校の一学年上におられました。その選手と対戦したことも、一年生の時の忘れ難い思い出としてあります。

冬の県大会で、双方がグループリーグを勝ち抜き、決勝トーナメントの準々決勝で当たりました。

〝ライバル校〟というのは、県で一番の進学校のことです。私が中学生の時に、成績競争ではとてもかなわなかった何人かの人たちが進学した学校です。だから私には、勉学では負けても、将棋では負けたくない、というような気持ちはありました。

知力勝負の将棋では、進学校と言われる県立高校や、有名私立大学の付属高校に、強い選手がいたのです。

対局では私の負けん気がうまく作用したのか、調子良く指せて、相手の陣形をうまく崩せました。一方、こちらの陣地にも相手の攻め駒が迫っていて、ここは相手の攻めを緩和する手を一手指さないと、危ないかと思いました。

しかし私には、どう受けたら良いのか全く見当がつきませんでした。どういう攻め筋が特に危なそうなのかわかりませんでしたし、それがわかったところで、どう受けるのが良いのかは難しい判断になりそうでしたので。

高校生の大会は、勝ち進むと一日に何局も指さなくてはいけないような、強行日程で行われるのがふつうだったので、一局当たりの持ち時間は当然少ないのです。その持ち時間が切れると、NHK杯将棋トーナメントのように、一手三十秒未満で指さなくてはならなくなり、審判員の〝秒読み〟が始まります。そして、もし三十秒間で指せないと反則負けとなります。

そういう状況では、経験に裏打ちされた勝負勘と、短い時間で素早く手を読む、研ぎ澄まされた〝脳力〟とが物を言います。しかし、勝負の世界に足を踏み入れて一年足らずだった私は、そのあたりがおぼつかなかったのです。

それで、「この局面で受けの絶妙手を指すのは、自分にはムリ」と悟った私は、これで負けたらしかたがないと腹をくくって、相手の王将を攻め落としにいく手を指しました。そして相手の王将を、もう守りようがないという、将棋で言うところの〝受けなし〟の状況にまで追い込みました。

――これはもしかしたら、〝金星〟を挙げたか？　と、心が沸き立ちました。

しかしそう思ったのは、本当に一瞬でした。次の瞬間、こちらの王将があっという間に仕留められてしまったのでした。

二十手はかかった詰み手順だったのですが、〝王者〟は〝秒読み〟の中でも手順を間違えたりはせず、正確に指し進めました。最後は自分が勝つと確信していたのか、土俵際に追い詰められても動揺したそぶりは全く見せませんでした。

〝金星〟が逃げていって残念というより、〝王者〟の堂々たる指しっぷりに、私は感服するよりほかにありませんでした。

でもこの時は、格上の相手に対して、ぎりぎりのところまで自分の力を出し尽くせたという手応えは残りました。一年時には県大会ベスト8で敗退となりましたが、来年はもう少しやれるかなと思えました。〝王者〟をあと一歩のところまで追い詰めたということで、ライバル校の選手からも注目され、県大会で存在感を示すこともできました。

青春の勲章

〝王者〟と戦った一年後の県大会では、一年前の予感のとおり、優勝することができました。私は自分が勝った将棋のことはたいてい忘れているのですけれど、この時の勝局のうちの二つは、今でも覚えています。

その一つは決勝トーナメント一回戦で、当時は珍しかった女子選手と対局した時のものです。元女流棋士の林葉直子さんが、将棋の天才少女としてマスコミで騒がれたのは、その数年後のことです。林葉さんの出現前だったので、将棋を熱心に指す十代女子は、当時はめったにいませんでした。林葉さんは二十代後半から人生がややこしくなってしまったようで、将棋界の第一線からは離れてしまいましたけれど。

私が対局した彼女は後に女流プロ棋士になられたのですけれど、失礼ながら高校生の時は、目立って強いというほどではありませんでした。それでも、男子選手を退けて決勝トーナメントに勝ち上がってきたのだから、当時の女子選手としては、なかなかの腕前ではありました。男子選手の中の〝紅一点〟で、何より存在感は際立っていました。

対局では、彼女が「振り飛車」で来たので、私は「居飛車」で応戦しました。そして当時プロの間で指されだしていた「居飛車穴熊」をやりました。

「居飛車」と「振り飛車」の対抗型では、「居飛車」が積極的に動いて攻める展開となることが、もともとは多かったのです。それが一九七〇年代半ばになると、「居飛車」側も「振り飛車」側に負けないいくらい王将の守りを固める指し方が出てきて、その究極のものが「居飛車穴熊」というわけです。

「穴熊」は、もともとは「振り飛車」側が「美濃囲い」よりもさらに王将の守りを固める指し方として、時々試みていたものでした。右側の「香車」を一マス上に動かし、空いた端っこのマスに王将を潜り込ませ、その周辺に「金将」と「銀将」を密集させて守りを固めます。動物の穴熊が巣穴に潜り込む姿を連想させるところから、「穴熊囲い」と名付けられました。

大内延介《のぶゆき》九段が名人戦でこの穴熊戦法を駆使して、名人位奪取まであと一歩のところにまで迫ったことから、将棋ファンに広く知られるようになったのでした。

その穴熊戦法を、一九七〇年代後半には「居飛車」側も試みるようになっていました。田中寅彦九段が指し方を工夫されて、「振り飛車」の穴熊よりもむしろ守りを固められるようになっていました。

私はこの指し方に目を付けていました。玉将の守りを固める指し方が性に合っていた私としては、「居飛車」をもって指す時もそれができるとなるとありがたかったので、対「振り飛車」戦用の〝秘密兵器〟として練習していたのでした。

穴熊戦法はサッカーにたとえるなら、フィールドプレーヤー七人で自陣ゴール前を固めて、残りの三人で攻めるような指し方をします。攻め味が薄くなる分、相手に主導権を握られる可能性はありますが、3トップが強力で、三点くらい取ってしまえば、もう負ける要素はなくなります。

前述の大内九段は、穴熊で守りを固めたうえで、大駒をフルに働かせての大さばきを狙うような指し方を得意とされていました。

決勝トーナメント一回戦での女子選手との対局では、この穴熊戦法がとてもうまくいきました。こちらは三人で攻めながらボールを支配してしまったので、ワンサイドゲームとなりました。

終局のあいさつを交わして席を立たれる時、彼女が泣きそうな顔をしていた記憶があります。完璧に負かされて悔しかったというより、女子選手に対して血も涙もないような勝ち方をする、私の姿勢が悲しかったのかなと思います。彼女にすれば、「女の子に対して、こんなふうにえげつない指し方をするワケ？」と、文句をつけたかったところかもしれません。

彼女は後に女流プロ棋士になられ、ＮＨＫ杯将棋トーナメントの棋譜読み上げをされたりしていました。高校を卒業した後、将棋を本格的に勉強されたのかと思います。テレビの画面で彼女を見かけた際、――高校の時は〝非情な〟勝ち方をしてしまって、ごめんね、と心の中で謝っておきました。

彼女は女流のタイトル（女流名人や女流王将など）を獲るような、華々しい活躍はありませんでしたが、将棋の普及のために、長年ご尽力されたことと思います。今はすでに、第一線を退かれているかと思います。

もう一つ覚えているのは、やはり決勝戦です。私が一年生の頃から、県内の実力者の一人として知られていた選手との対戦でした。

一学年上でしたが、私立大学の付属高校の方だったので、大学進学がすでに確定していて、三年生の冬になっても大会に出場されたのかと思います。〝絶対王者〟がいたので、上位進出の常連ではあったものの、優勝の経験はなかったかと思います。最後は優勝して、高校生活の有終の美を飾ろうとされていたと想像します。

一方私も、決勝まで勝ち進んだ以上は、何とか優勝して帰りたいと思いました。少なくとも人生の前半においては、最大の大舞台になるかもしれないとも思いましたので。

戦型は一回戦と同じで、相手の「振り飛車」に対して、こちらは「居飛車穴熊」で応戦しました。

「穴熊」の堅陣にうまく組めたので、私はある作戦を思いつきました。相手は〝王者〟ほどではないにしても、経験も地力も自分より上かと思いました。だからがっぷり四つの展開になると、こちらが勝ちにくいかと思ったのです。

それで私は、守りが堅いことを生かして、やや強引な仕掛けを試みました。それがうまくいけば、一気に優位に立てますし、うまくいかなくて形勢を損ねても、相手の心の揺ぎを誘えるだろうと思いましたので。

優勢なまま終盤戦に突入して、優勝が目の前にちらついてくると、〝王者〟のようによほど肝の据わった人でないと、平常心で指すというのは、高校生にはかなりハードルが高いのです。だから中盤ではこちらが形勢不利にしておくほうが、むしろ勝つチャンスはありそうに思えました。「穴熊」なら形勢不利になっても、簡単には土俵を割らなくて済みますし。

それで、私の狙いどおりの展開になりました。相手の方は優勢な終盤でやはり優勝を意識されたのか、〝秒読み〟に追われる中で、指し手が乱れてきたようでした。

そこをうまく突けました。自分でも驚くような鋭い勝負手を連発し、ビハインドを一気に覆して、優勝を手にすることができたのでした。

決勝戦の相手が格上の上級生ということが、私には幸いでした。優勝したいと思いつつも、「一所懸命指して、それで負けたらしかたがない」というふうにも割り切れたので、決勝戦という大舞台にもかかわらず、思い切った指し方ができました。

一年前に、〝王者〟に土俵際でものの見事にうっちゃられた経験も、私の心の力みを消すことに役立ったかと思います。メンタルコントロールができなかったら、私だって終盤では手が震えて、失着を重ねていたかもしれません。県大会優勝というのは、高校の部活動の世界では、やはり結構な〝勲章〟ですから。

〝青春の勲章〟をちゃっかり手にできて、中学の時、無理をして部活動をやる必要なんて、やはりなかったのだなと思えました。

中学の時、男子ではただ一人部活動をやらなかったということで、私に冷たい視線を投げかけていた人たちには、

「皆さんはどんなにがんばったって、県大会優勝なんて手が届かなかったでしょ？」

と、少し嫌みったらしく言い返したい気持ちにもなりました。

中学の時にあえて部活動をやるとしたら、父と同じくバスケットボール部だったかなと思います。中学・高校で体育の時間に少しやった感じとして、ボールの扱いはそんなに下手ではなかったので、父の資質を、ほんの申し訳程度は受け継いでいたのかもしれません。俊敏な動きは、とてもできませんでしたけれども。

身長も高いほうだったので、「非レギュラー組ではあいつが一番がんばった」と、顧問からも仲間からも認めてもらえるくらいがんばれば、最後の夏にベンチ入りというチャンスは、なくはなかったかもしれません。それで、敗色濃厚となった最後の試合で、最後の一分くらいコートに出してもらって、奇特な仲間がパスを回してくれ、思い出のワンゴールを決める。――そんな展開になる可能性も、少しはあったかもしれません。

しかし、そういう展開に仮になったとしても、高校の部活動として将棋はマイナーな競

技とはいえ、県の頂点に立てたことに比べれば、得られる喜びはちっぽけなものです。しかも、そうしたささやかな喜びを得ようとすれば、多大な労力を費やさなくてはなりません。そうすれば、進学先の高校は、偏差値でいうと二ランクくらい下になっていたことでしょう。

まさに〝労多くして益少なし〟、〝益少なし〟どころか、マイナスの影響のほうが大きくなりかねないくらいだったわけで、中学の時にスポ根的な部活動に取り組むことは、私にとっては全く割に合わないことだったと、間違いなく言えます。

中学生なのに部活動に背を向けるのがおかしいのではなくて、中学生を必要以上に部活動に囲い込むことのほうがおかしいわけです。部活動へののめり込み過ぎが、教師の過重労働にもつながって、有能な人材を教育現場から遠ざけかねなくなっている、といった話も耳にします。

それから、被害者の自死に至ったり、裁判沙汰になったりしているような深刻ないじめで、中学校の部活動の問題が絡んでいるケースが、結構あるように思えます。

中学校生活において部活動の占めるウエイトが大きくなり過ぎているからこそ、歯車が悪い方向に回りだすと、事態が一気に深刻化するようなところがあるのではないでしょうか。

中学校の部活動は高度経済成長期以来、特に男子を、がむしゃらに働く経済の歯車として仕立て上げていく、格好の装置となってきたのかもしれません。

でも、時代状況は変わってきています。がむしゃらに働いても、将来は今よりよい暮らしができるとは、必ずしも言えなくなってきているのです。必死にがんばったって、今の暮らしのレベルを今後も維持できるかどうかさえわからない、というのが現実かもしれません。

そんな中で、昭和の頃のようながむしゃらさ一辺倒の部活動を続けていては、ますますおかしなことになりかねないのです。部活動の改革は急務だと考えます。

将棋部の活動のほうは、県大会優勝の少し後に行われた県の対校戦で、〝痛い〟戦北を喫して、冷や水を浴びせられたような格好になりました。

「優勝したからといって、舞い上がるな」といった、将棋の神様からのメッセージが込められていたかと、今は思えます。

私が負けたのは、例の〝ライバル校〟との一戦で、相手は次期エースといった立場の下級生だったと思います。こちらが優勢だったのですが、相手も手強くて、しぶとく粘られました。それで、〝秒読み〟に追われて焦った私は、相手の玉将を仕留め損ね、守備駒ともども、こちらの陣地に逃げ込まれてしまいました。こういう状況を、将棋では「入玉（にゅうぎょく）」と言います。

入玉されると、相手玉をまずつかまえられなくなります。というのは、将棋の駒は相手陣にある玉将を攻めるようにできているからです。だから玉将にこちらの陣地に入ってこられると、駒の攻める機能がうまく働かなくなるのです。

相手玉を仕留め損ねて入玉されるというのは、将棋を熱心に指す者にとっては、結構屈辱的な負け方でした。

私は県大会でも、幸いたくさん勝てて、負けは少なくて済みました。その少ない負けも、〝王者〟に善戦するなど、様にはなっていました。しかしこの時の敗戦は、ひたすら格好悪いものでした。県大会で二十局余り指した中で、唯一の〝汚点〟と言える対局でした。

対校戦の時は、「個人戦の優勝者として、チームを引っぱらなくては」というような気負いが、やはりあったかと思います。〝ライバル校〟との対戦の時は、特に肩に力が入っていたのでしょう。その力みが、粘られた時の焦りにつながってしまいました。この時は、私の負けん気が裏目に出てしまいました。優勝で気持ちがハイになっていた私には、個人戦決勝の時のようなメンタルコントロールはできませんでした。

でもこの敗戦は、メンタルの問題にとどまらず、技量の問題でもありました。私は将棋の世界と波長が合ったのか、新聞の将棋欄を毎日見ているうちに、急速に強くなりました。しかしその分、私の実力には底の浅さがあったことは否めませんでした。おそらくそんなことで、対校戦の時には、相手に粘られた時のうまい打開策が頭に浮かばなかったのだと思います。

昭和の頃から、「詰め将棋を解きまくることが〝将棋脳〟を鍛える何よりの方法だ」と言われていました。しかし私は、そういう本格的な鍛練は全くしていませんでした。

ちなみに藤井聡太竜王は、この詰め将棋を解く力が並外れて高いということで、十代前半から注目されていたそうです。

名誉ある撤退

さて、将棋部にも〝最後の夏〟というものはありました。全国大会につながる県予選が夏休みにあって、最後は全国大会のような大舞台で指してみたいという気持ちも、もちろんなくはありませんでした。

しかし、対校戦での〝痛い〟敗戦で自分の限界を悟った私は、〝最後の夏〟からは「名誉ある撤退」を決めました。

「最後の夏で完全燃焼」というのが、部活動の世界では定番ですが、私はそれに背いて、「将棋盤の上ではとことん勝負はしない」という選択をしたのでした。

挑戦すれば、〝全国区〟の舞台を踏める可能性はなくはありませんでした。一応ディフェンディング・チャンピオンなので。しかし、全国大会出場は果たせても、そこで活躍できる見込みはありませんでした。

全国大会で優勝を争うような人たちは、〝王者〟よりさらに強くて、私と比べると二回りは強かったでしょうか。二回りも強いとなると、県大会決勝の時のようなアナーキーな勝負術は、もうとても通じません。

野球の場合だと、甲子園球場の土を踏めれば、たとえ一回戦敗退でも〝青春の勲章〟になったりするのかもしれません。しかし、将棋の場合は事情が違いました。全国大会出場を果たした上で、ある程度勝ち進まないと、自分に箔《はく》は付かないという感じでした。

全国大会出場に挑戦すれば、果たせる可能性も相応にはあったと思いますが、県予選の準々決勝あたりでコロッと負けてしまう可能性のほうが、それより大きかったことでしょう。〝王者〟のような絶対的な実力のなかった私には、ライバル校の手強い下級生の追い上げをかわして、再び県の頂点に立つというのは、かなり難しかったと思います。対校戦の時以上の〝痛い〟敗北を喫して、しばらくショックを引きずるようなことも考えられました。

そんなことを考えて、「最後は全国大会出場」などということにはこだわらず、一度は県の頂点に立てたことを良き思い出として、静かに身を引こうと思いました。

将棋には不思議な魅力があるのか、知力の高い子どもが惹きつけられたりします。将棋に魅せられた子どもの中には、十歳そこそこでアマチュア強豪クラスの力を付けて、将棋好きの大人から〝神童〟だなどと奉られたりする子も現れるわけです。

〝神童〟クラスの子どもとなると、たいていはプロを目指しますが、実際にプロになれるのはひと握りです。プロ棋士養成機関の奨励会の入会試験でハネられる子どももいますし、奨励会員にはなれても、プロ四段にはたどり着けずに、将棋界から無慈悲に放り出される人も少なからずいます。プロ棋士になった中でも、長く第一線で活躍する人となると、さらにひと握りなのです。

だからプロ棋士になれるのは〝神童〟の4乗くらいの人、トッププロとなると〝神童〟の6乗くらいといった感じでしょうか。

昭和の将棋界には、ある逸話がありました。米長邦雄永世棋聖があるインタビューに答えて、

「兄二人は自分ほど頭が良くなかったので、東大へ行った。自分は本当に頭が良かったので、大学へは行かずに、プロの将棋指しになった」と言ったというものです。

米長氏はサービス精神旺盛な方だったので、読者を面白がらせようとして、そんな言い方をしたのだろうとは思います。でも話の内容は、オーバートークでは決してなかったと思います。

プロの将棋界は、選び抜かれた人たちが、極限まで研ぎ澄ませた知力をぶつけ合う、すさまじい世界です。だから、掛け値なしに面白いです。将棋は庶民のお手軽な娯楽であると同時に、突き抜けた知の高みを目指す装置ともなっています。

将棋は今のようなスタイルになってから四〇〇年余りと言われており、江戸時代から、将棋盤の上で突き抜けた知力を発揮する人たちがいたそうです。そして江戸幕府は、そうした人たちの生活を保障していたのだそうです。

そういう人たちは、生産性などはあまりなかったのでしょうけれど、ふだんの生活にはあまり役には立たないとしても、突き抜けたところのある人たちを囲い込んでおくことは、長い目で見れば人の世の弾力を高めることにつながる――そのような統治の知恵が、そこにはあったのかもしれません。

昭和の頃は、熱烈な将棋ファンも少なからずいましたが、将棋の魅力が広く認知されているとは言い難くて、将棋はマイナーな世界でした。老人趣味と扱われたり、昭和のある時期までよく行われていたらしい〝賭け将棋〟の影響か、アナーキーな勝負事と見られたりしていました。

だから将棋部も軽く扱われがちで、リタイアした人たちがやるようなことを高校生のうちからやっているというように、冷たい視線を投げかけていた同級生もいたかと思います。

近年は将棋界への関心が高まっていますが、時代の空気が変わってきていることも、その要因の一つかと思います。

がむしゃらに働くことが良しとされ、武骨な空気が濃かった時代は、将棋を熱心に指すような頭でっかちな人たちは、軽く扱われがちでした。それが、知識集約型の産業のウエイトが高まってくるにつれ、知的に洗練された将棋の世界の空気感が、肯定的に捉えられるようになってきたかと思います。

かつては将棋が強くても、ダサいなどと言われたりしましたが、今は将棋が強い子どもは、知的でカッコいいと見られるようになっているのでしょうか。もしそうなら、昔将棋に親しんだ身としては、少し嬉しいです。

社会が知識集約型になる中で、将棋の指し方も変わってきています。昭和から平成になるあたりから、先端技術が将棋の研究にも取り入れられるようになり、より突き詰めた指し手の研究が進むようになりました。

昭和の頃は、互いに玉将の守りを固め合って、中盤になってから本格的な勝負という感じでした。それが今では、第一手から考えを煮詰めて指しているような感じもあります。

昭和の頃は泥臭い勝負事という趣もまだありましたが、「探究」というモチベーションが、次第に強くなっているように思えます。

それで玉将の守りを固めるより、玉形が不安定なままでも、序盤から主導権を探り合う将棋が多くなりました。〝後の先〟を取りにいくような「振り飛車」の将棋は全盛期から大きく減り、双方が「居飛車」の将棋が多くなりました。

サッカーにたとえるなら、フィールドプレーヤー全員がピッチを動き回るトータル・フットボールのような指し方が主流になってきています。

「振り飛車」の将棋が減ってきたのは、私の県大会優勝の原動力となった「居飛車穴熊」の影響もありそうです。「居飛車穴熊」の守りはあまりに堅いので、プロでも攻略しにくいのかと思います。それで、「居飛車穴熊」をやられると、「振り飛車」が勝ちにくいとなって、「振り飛車」が減ってきたわけです。

昭和のアナログな「振り飛車」をかつて盛んに指していた身としては、そのあたりは少し寂しい思いもします。

私は、自分が勝った将棋の内容はもう九割方忘れましたけれど、高校時代の星取りのほうは、まだ何となく覚えています。記憶が間違っていなければ、通算十八勝三敗で、勝率は八割五分を超えました。

少し前に新聞のインタビュー記事で、あるベテラン棋士が藤井聡太竜王を評して、「相応に力のある者どうしの一対一の勝負において、勝率八割台を何年も続けているのは驚異的だ」というように語っておられたのを見かけました。私も勝負の場では、驚異的と言えるレベルの数字を残していたわけです。

もちろん高校の県大会での勝率八割五分と、将棋界の頂点をうかがう中での勝率八割超とでは、次元は全く違いますけれど。

私は将棋盤の上では、〝神童〟と称される子どもや、全国大会で優勝を争うような高校生ほどには、弾けることはできませんでした。しかし極めて限定的な形ではありますが、突き抜けた知力を持つ人が力を発揮する将棋という世界で、突き抜けた活躍をすることができました。だから私にも、どこか突き抜けたところはあるのだろうなと思えました。

こういうふうに思えると、十代前半の数年間、「学校」という世界で苦戦したことにも合点がいきました。

一定の、〝男子〟という枠組みに適合することを強く求められる場では、突き抜けがちな私は、魂がとても息苦しくなったわけです。私は〝ふつう〟に生きたら魂が窒息しかねないのだから、開き直って突き抜けて生きる道を探すしかないと、高校時代の部活動での経験を通して、腹が決まりました。

当時はそこまで深くは考えていませんでしたが、そんなふうに腹が決まったことが良かったのか、学業成績は二年生から三年生になる際に、一気に向上しました。中の下クラスから中の上レベルにジャンプアップしたのでした。一学年四〇〇人余りいたので、三年生の初めに百何十人かはごぼう抜きにしたかと思います。不思議なことに、中学の時と同じようなジャンプアップパターンとなりました。

祖父との魂のホットラインとなっていた将棋が、高校の時にも魂の起爆剤となったことには、家族の縁といったものを感じました。私も家族の物語を受け継いで、人生を生きるのだろうなと思いました。

同時に、将棋からはもう卒業かなとも思いました。将棋は自分にとって大切な世界ではありました。しかし将棋で勝つことにこれ以上こだわっても、これ以上得られるものはなさそうに思えました。

「将棋盤の上ではとことん勝負はしない」と決めたのは、人生の本当の勝負は将棋盤の外でになるだろうと思ったからです。盤外での勝負のために、盤上での勝負は、余力を残してやめておくのが良いだろうと思ったのでした。

そんなふうに考えだしていた折に、一年生の時に熱い勝負をしていただいた先輩から心に刺さるメッセージを受け取った思い出があります。

文化祭の際に、OBとして訪ねて来られた時だったかに、「大学でもまた勝負をしよう」と呼びかけられました。だから、「できれば首都圏の大学に入ってほしい」というわけです。

先輩は東京の私立大学に進まれていたので、私が東京近辺の大学に行って、将棋部に入れば、また対戦する機会もあったのかもしれません。

一年生の時にかわいがっていただいた先輩には、自分の思いをできれば言葉にして伝えたかったのですけれど、その時はうまく言葉にできず、戸惑ってしまいました。

今から考えると、将棋そのものに熱くなっていた先輩に対して、私には「将棋は自分を活気づける手段」というようなところがありました。

失礼ながらそれほど強くはなかったのですけれど、将棋愛に溢れていた先輩もいました。そんな先輩方に比べると、私には将棋そのものにはどこか冷めているところがありました。

そんな微妙な熱量の違いを、十八歳の時点ではまだ整理できなかったので、先輩の呼びかけに対して戸惑ってしまったわけです。

結局私は、大学ではもう将棋部には入りませんでした。将棋自体も、高校を卒業してからはほとんど指していません。

自分で将棋を指すのは、もう無理という感じです。新聞の片隅に時々載っている詰め将棋も、少し難しめのものとなると、歯が立たなくなってきました。高校生の時なら、スラスラ解けていたのでしょうけれど。

野球にたとえて言うなら、高校時代には時速一四〇キロのスピードボールが投げられたのに、今は投げても一〇〇キロそこそこの球速しか出ない、といったところでしょうか。

〝将棋脳〟も〝脳力〟自体も、衰えは隠せません。

逆転勝ち

当時私のいた高校では、主要な試験のたびごとに、成績上位一〇〇名を一覧表にして中央廊下に貼り出すのが慣例でした。そのいわゆる〝百傑表〟に、私は二年生までは一度も載らなかったのですけれど、三年生になると毎回載りました。〝百傑〟といっても後ろのほうで、八十位あたりが定位置でしたけれど。

私のいた高校からは、そこそこ名の通った国立や私立の大学に進むのは、毎年百数十人という感じなので、コンスタントに〝百傑〟入りしていれば、大学受験で〝勝ち組〟になれる可能性が高いという感じでした。私もどうやら、現役でそこそこのレベルの大学に入れそうな雰囲気になってきていました。

しかし、現役の時はどういうわけだか、受験勉強にいま一つ集中できませんでした。小・中学校時代の登校拒否から、高校での県大会優勝まで、結構起伏に富んだ数年間となったので、心の整理が追いつかなかったところはありました。

それで、当時の共通一次試験で思ったほど得点できず、狙っていた国立大学への合格を果たせませんでした。私立は〝すべり止め〟は受けず、受験した早稲田大、慶応大はともに不合格だったので、一年浪人することとなりました。

私の心の奥底には、ある計略がなくもありませんでした。将棋部で結構パワフルに勝ちまくって、私の〝突き抜け〟スイッチが幸いうまく入ったのだから、自分の勢いにもう少し賭けてみても良いかなと、ひそかに思ってはいました。

当時は〝一浪〟を「ひとなみ」（人並み）とふざけて言う人もいたくらいで、一年浪人する人は結構いて、大学進学が一年遅れることが、人生にとっての大きなマイナスとなるような雰囲気もなかったですし。

将棋の県大会決勝戦に続いて、私の大胆不敵な計略はうまくいきました。

夏休み頃までは成績は停滞していたものの、秋になると高三の時の勢いが戻ってきて、さらに加速しました。共通一次試験では得点の上乗せが結構できて、現役の時に目指した大学より偏差値の高い大学に合格することができたのです。

高二から予備校の夏期講習に通うなどして、大学受験の〝勝ち組〟となるべく、周到に準備していた同級生もいました。中学時代のモヤモヤ感を引きずっていた私は、そういう人たちに比べて、エンジンがかかるのが遅れてしまいました。

成績競争や進学競争に勝ち抜くことに至高の価値を求めるような姿勢に懐疑的だった私は、受験勉強は勢い任せでやってしまいました。

それでも最後は、さまざまな現実的なアドバンテージがあるであろうことを考えて、できたら名門大学にという選択をしました。

かつて東大受験に失敗して、コンプレックスを抱えていたらしい父は、旧帝大に合格した私がリベンジを果たしてくれたように思ったのか、私の合格をとても喜んでくれました。

私が高校から大学へと進んだ一九七〇〜八〇年代には、〝いい大学〟から〝いい会社〟に入ることが〝いい暮らし〟につながるといった価値観が、とても強まっていました。

そんな中で私は、中学・高校と数学が得意科目であったのにもかかわらず、高三では文系クラスに入り、そのうえ就職には必ずしも有利とは言えない人文科学系学部への進学を希望していました。当時の〝ふつう〟の意識を持つ人からすると、ずいぶんトンチンカンな選択をしていたわけです。

しかし私は私で、考えを巡らせていたつもりです。祖父の〝狂気〟の背後に戦争の影を感じるようになっていた私には、「戦争と平和」が大きなテーマになっていました。中学生の頃から新聞を毎日読むようになって、自分が生まれるほんの十数年前まで、日本は大戦争をやっていたことも強く意識するようになっていました。

大学受験で〝勝ち組〟となって、就職してしあわせな暮らしを営んでいたところで、かつてのような大戦争の時代となれば、そんなものは一瞬で吹き飛んでしまいます。だから、今の〝平和な〟状況が永遠に続くかのように考えて、そこでできるだけ有利なポジションを占めることにばかり血眼になるのは、私にはむしろ危ういスタンスと思えました。それで、就職に有利という観点からのみ進学先を考えがちな同級生の姿に、私は私で冷ややかな眼差しを向けたりしていました。

また二十代で、もし戦争の影が急速に濃くなってきたら、徴兵されるかもしれないという問題も出てきます。頭でっかちで、中学の時の運動部の活動さえ耐えられないと思った私には、兵役はいっそう耐えられないに違いありません。そういう生身のヒリヒリした危機感もありました。

かつて世界を相手に大戦争を繰り広げて、国破れた日本では、過去の反省の上に立って〝平和憲法〟を制定し、狂気の日々は遠い昔の出来事になりつつあるようではありました。

しかし私は、男子二人をとことんケンカさせたという、隣のクラスの担任教師のエピソードを耳にして、戦慄を覚えた小学校高学年の頃から、この国の空気は、依然としてかなり荒っぽいと感じるようになっていました。

かつての大戦争の時代の空気は根強く残っていて、何かのきっかけでそれが強まって、かつての敗戦と形は違うかもしれませんが、再びこの国に災厄をもたらしてしまうのではないかと、ひそかに考えていました。

この国を根強く支配し、かつ「学校」という世界を貫いていた武骨なエネルギーゆえに、この国は敗戦から二十年ほどで再興を遂げたとも言えましょう。だからそういうエネルギーを、すべて否定することはできないと考えます。しかし、いつまでもそういうエネルギー一辺倒では、いずれ足をすくわれそうに思えました。

またこの国は、豊かな社会を実現しつつありましたが、経済のウエイトが大きくなり過ぎていて、そういう状況を放置していると、長い目で見ると、この国を蝕《むしば》んでいきそうに思えました。

自分や家族の幸福のためというより、あくなき経済価値の実現のために働かなければならなくなって、やがては生身の人間が耐え難いほどに疲弊していきそうに思えたのです。カール・マルクス流に言えば、「人間疎外」ということです。

私のこの予感が当たった形となって、父は四十年に及ぶ会社生活からリタイアして程なく、ガンを患って、六十代で亡くなりました。長年のオーバーワークが、体を蝕んだ形となったと思います。

経済のバブルが膨らみ切っていた一九八〇年代末には、「二十四時間戦えますか」などという、際限のないオーバーワークを促すような、栄養ドリンクのテレビＣＭが世間をにぎわせ、過労死が社会問題になっていきました。

私が高校生の時に、浮世離れした盤上の宇宙に知力を遊ばせながらも、冷めた眼差しで社会を見据えて考えていたことは、それから十年から十数年経って、決して的外れではなかったことが明らかになっていきました。

大学院へ

一九六〇年代末に学園紛争が鎮圧されて、政治の季節は終わりを告げ、一九七〇年代半ばには「大学はレジャーランド化した」などとも言われるようになっていました。

私が大学生となった一九八〇年代初めにも、そうした雰囲気は続いていました。浮ついたムードが強くて、社会や人生や戦争と平和について、腰を据えて考えようとする学生は、少数の変わり者という感じでした。さらに経済のバブルが膨らんでいく八〇年代の半ばから後半にかけて、そうした雰囲気は強まっていきました。

一九八〇年代には、名の通った大学の学生は有名企業から囲い込まれていたくらいで、大学受験で相応の結果を出していれば、就職で苦しむことはまずありませんでした。だから大学に入ってから一～二年、羽目をはずすような人も結構いたと思います。

反対に、大学受験で〝勝ち組〟になり切れなかったやるせなさを発散するために、大学入学後しばらくの間遊びまくるような人もいたようです。大学生活が、受験戦争と経済戦争の間のつかの間の安らぎの時間となっているようなところはあって、羽目をはずしたくなる人の気持ちは、同世代としてはわからなくはありませんでしたけれども……。

今の学生さんは、大学入学後に羽目をはずすなんて、とても考えられないかと思います。私の学生当時より、経済状況がずっと厳しくなった結果、学費や生活費を自らのアルバイトで賄わなくてはならない方も少なくないと聞きますし、それに学費も、私たちの頃よりずっと高くなっています。私などはずいぶん安上がりに勉強させてもらって、今の学生さんには申し訳ないような気持ちになるくらいです。

真面目に物事を考えようとする学生が、冷笑されるような雰囲気もあった中で、重いテーマを背負っていた私は、八〇年代の学生としては必死に勉強したつもりです。

将棋部などにはもう目もくれず、真面目な研究系のサークルに入りました。そこでの活動に行き詰まってからは、社会人中心の哲学サークルにまで顔を出したりしました。「戦争の時代の超克」への手がかりを求めて、必死ではありました。

必死に勉強していた甲斐《かい》あって、大学院の入試は上位のほうで突破したみたいです。それで、教授陣から期待されていたようなところも、なくはありませんでした。

そして〝突き抜け〟人間の私には、ふつうの就職は考えられませんでした。

当時就職戦線は、超売り手市場でした。名門大学に在籍していた私のところにも、就職案内の冊子が、二十社くらいから来たかと思います。

しかしその案内を、私はすべて蹴とばしました。〝就職氷河期〟には、就活で何十という会社からハネられたといった話も、ザラにあるそうです。就活で苦労された方に話したら、ひんしゅくを買いそうなエピソードです。

ゆくゆくは大学教授になって、偉ぶって生きようと思って大学院進学を考えたわけではありませんでした。「戦争の時代の超克」の手がかりをとことん追求しようと思ったら、さしあたっては学問の世界に身を置くことくらいしか、道が見つからなかったのです。

アジア・太平洋戦争では、三〇〇万に及ぶ日本国民と、数千万のアジアの人々が犠牲になったと言われています。そんな惨禍を招いたはずなのに、その総括はずいぶんおざなりで、やがてまた道を誤りそうな、怪しげなムードが、この国に出てきているように感じていました。

そんなムードをはねのけて、人々の確固とした平和共存の道を探る――このことに勝る人生のテーマなどないだろう、というのが私の感覚でした。

父は、私が大学院を目指すことに反対はしませんでしたけれど、できればやはりふつうの就職をして、自分と同じように会社員として人生を全うしてほしいとは思っていたようでした。でも私には、祖父の魂に後押しされているような感覚があったので、父の戸惑いをはねのけるようにして、突っ走ってしまいました。

祖父が、私が今想像しているように、大戦争の時代へのわだかまりを心の奥底に抱えていたのだとしたら、やはりこの国の〝戦後〟の中途半端さへの不満も抱いていただろう、と想像します。

祖父には明治の人としての限界があって、そういうことを政治的・思想的に表現することはできませんでしたが、祖父の果たせなかったテーマが、私の魂に刷り込まれているようなところはありました。

突き抜け人間へとなりつつあった私には、がむしゃらに働く男子へと仕立て上げようとする「学校」の枠組みは息苦しくなって、十代半ばまでの数年間は苦戦が続きました。

それが、高校の将棋部での大活躍によって停滞を打ち破り、私のエネルギーはうまく回りだしました。そして登校拒否でくすぶっていた中学時代や、成績が低迷していた高校時代の前半には考えられなかったような結果を、大学受験では出すことができたのでした。

そんな感じで、せっかく勢いが出てきたのだから、このまま行けるところまで突っ走るしかないという感じになっていました。

若気の至りで、暴走気味ではありました。でも暴走気味であったからこそ、名門大学の大学院の入試も突破してしまうくらいの勢いも出てきたと言えました。

イデオロギーの探究

人類の平和共存を本気で目指すなら、社会主義を志向せざるを得ないと、私は考えていました。二度にわたって世界大戦が起こったのは、そもそも世界を帝国主義が支配していたからです。富をあくなきまでに求めて、他国の領土を軍靴で踏みにじることさえ厭《いと》わない帝国主義のスタンスこそが、大戦争の時代の大元にあることは、否定しようがありません。

人類はここ何百年かの間に生産力を飛躍的に高め、きらびやかな物質文明を築き上げてきました。しかし現実には、富への希求は富の争奪戦として展開され、帝国主義戦争から世界大戦へと至りました。

だとしたら、戦争の時代を本当に過去のものにするには、富をめぐって争う世界から、富を分かち合う世界へと、人間界の根本原理の大転換を図らなくてはならないというのが、論理的帰結となります。

日本では、イデオロギーというものに対して及び腰になる人が多いです。「和」とか

〝みんな〟への同調が尊ばれる社会では、政治的に旗幟鮮明《きしせんめい》になることは忌避されがちです。しかし、イデオロギーを抜きにして世界平和を本当に追求することはできない、というのが私の考えです。

富を巡って争う世界が続いている限りは、人類が二度にわたった世界大戦でどんなに辛酸をなめたところで、戦争は簡単にはなくなりません。実際、第二次世界大戦後も、世界に戦火が絶えたことはありません。東西両陣営が大量の核兵器を突きつけ合って、世界の破滅と背中合わせで危うい均衡を保っていたような時代が、何十年か続いたりもしました。

しかし大戦後は、「世界の警察官」としてふるまってきた米国を除けば、先進国は戦争の当事者となることは少なかったと言えましょうか。

日本もそうでした。ベトナム戦争では国内の基地から米軍が出撃したり、イラク戦争では米軍・多国籍軍の後方支援的な役割を求められたりはしてきました。しかし、戦争の直接の当事者にはならずに済みました。だから先進国では戦後、豊かな物質文明が花開き、華やかな消費生活を謳歌《おうか》できるようになったのです。

「日本が戦後、戦争に巻き込まれずに済んだのは、戦争の放棄を謳《うた》った日本国憲法第九条を掲げていたから」というように言われることが、しばしばあります。

確かに戦後の日本では、戦争絶対忌避の想念はかなり強く、〝平和憲法〟と結びついたその想念が、この国の政治が好戦的になるのを抑えてきた面はあるかと思います。

しかし、戦争の当事国にならずに済んできたということで言うと、現実には〝平和憲法〟があったからというより、第二次世界大戦の〝戦犯国〟となったことによる、ケガの功名のような形で、世界のパワーゲームの前線に出ずに済んできたことのほうが、大きな要因だったかもしれません。

しかしこういう幸運が、いつまで続くかはわかりません。米国は「世界の警察官」であることを負担に感じるようになってきていますし、「平和憲法を守る」という姿勢だけでは、平和の問題に対処できなくなってきているのは、間違いないと思います。戦争絶対忌避の想念にしても、敗戦から時間が経つにつれて、少しずつ薄らいでいくのは避けられないでしょうし。

これまでのように、イデオロギー的にニュートラルで、かつエモーショナルな平和主義では、問題に対処するのは難しくなってきているように感じます。「平和」を追求するのなら、人類全体の平和共存を確保できる政治的・経済的システムの探究にまで踏み込まないと、道は切り開けないのではないでしょうか。

同時に、その探究には時間も労力もかかりますから、世界のパワーバランスを大きく崩さないための、さしあたっての現実的なアプローチも必要でしょう。

過去の戦争の悲惨さを訴えれば、平和の尊さをアピールすれば、戦火が止むかというと、そんなことはないです。人の世の動き方は、そんなにお人好しではないと思います。

それはともかく、「平和」を考えて社会主義への志向を強めていた二十代の私でしたが、そうすることのジレンマも感じていました。その理念の崇高さに対して、社会主義の現実はあまりうまくいっていないということは、承知していましたから。

社会主義とは、人類にとっては実現の難しい、夢想のような理想なのかもしれないという思いも、心にはありました。

ご承知のように、社会主義体制のひずみは次第に煮詰まっていき、一九八〇年代末から九〇年代初頭にかけて崩壊しました。それにつれて私の中では、思想的な収拾のつかなさが広がっていきました。

もちろん一連の出来事は、世界にとってはネガティブなものでは決してありませんでした。東欧の人たちが抑圧的な政治体制から解放されて、世界の風通しはぐっと良くなりました。東西の冷戦構造が解けて、世界の軍事的緊張もかなり和らぎました。

確かにさしあたっては、世界の緊張は和らぎ、世界は活気づいていくかのようでした。しかし中長期的には、世界が住みよくなっていくようには、私にはとても思えませんでした。

富をめぐって争うという世界が、世界大戦前とは違うにしろ、再びむき出しの形で現出するわけですから、そのひずみが、次第に抜き差しならなくなっていきそうに、私には思えました。

社会主義体制の崩壊を、当時〝体制〟寄りの方々は、自由主義経済の勝利だとこぞって主張されていました。経済の自由こそが一番で、経済を無理に統制しようとしたって、うまくいくはずがない。そのことが劇的な形で証明された、というわけです。

そういうふうに言えなくはない、とは思いました。それでも私は、社会主義を一方的に否定する言説は、一面的で軽薄だと感じました。

そういう言説は、社会主義とはどういう歴史的文脈において出現してきたかには、まず触れていませんでした。そういう文脈を捨象したうえで、体制崩壊という結果のみを焦点づけ、社会主義は欠陥システムだったと難じていました。視野狭窄《しやきょうさく》の議論というそしりは免れ得ませんでした。

前述のように、世界は産業革命からの何百年かで飛躍的に豊かになってきたわけですが、実はその反作用もきつかったのです。国どうしの利害が激しくぶつかるようになって、世界は平和ではなくなりました。そしてその帰結が、二十世紀に二度にわたって起こった世界大戦でした。

また、豊かになった富は平等に分配されるということは決してなく、富の偏在が生じました。そして、幸運にも多くの富を手にできたひと握りの人たちは、強大な政治的パワーを有するようになり、人による人の支配といった問題も生じてきました。

人々は形式上は「国民」として平等であり、「国民国家」の下に包摂されていきましたが、内実は激烈な序列社会となっていきました。

人による人の支配は、身近な人間関係にも及んできました。一般に男性は、女性より体格が良く、体力があります。すなわち経済社会においては、男性のほうが「生産性が高い」ということです。それゆえ、男性のほうが政治的パワーの面で優位に立つことが多く、そのことを背景として、女性に対して支配的にふるまう男性も出てきます。

大人による子どもの支配という問題も出てきます。子どもは政治的パワーの面では無力ですから、支配志向の強い大人が不幸にして親になると、そのパワーに振り回されがちになります。そして親の支配力に反発するだけのエネルギーが子どもの側にないと、子どもの魂が潰れてしまったりします。

親に強く支配され、かつ不幸にして反発する力の弱かった子どもが、学校生活や、大学受験や、社会的自立のつまずきをきっかけに、生きる力を著しく衰退させたり、涸渇《こかつ》させたりして起こるのが、「引きこもり」です。「引きこもり」が社会問題になりだした三十年ほど前は、こうしたケースが多かったのです。

今は「引きこもり」現象はさらに多面的になってきて、子どもや若者の問題では必ずしもなくなってきています。自分のプライドを著しく傷つけられるような経験を社会人になってから重ねて、中年期になってから引きこもるようなケースも多くなってきているということです。

高齢（八十歳代）の親が、人生に行き詰まった中年期（四十～五十歳代）の子どもを抱えて苦しむというところから、「８０５０問題」などと言われるようにもなってきました。引きこもる中年期の人の中には、十～二十代でつまずいて以降、人生を何十年も停滞させたままという人も、少なからずいると思います。

また、「引きこもり」までには至らなくても、何となく生きにくくて、生きる元気が出てこないという人も、少なくないのではないでしょうか。そういう人も、親による支配という問題を抱えていることが少なくないように感じます。

支配―被支配という政治的関係は、目には見えないですから、魂をよほど研ぎ澄ましていかないと、なかなか気づけないです。だから、何となく生きにくいというモヤモヤ感を何十年も引きずっているという人だって、そこかしこにいるかと思います。

国どうしの利害衝突、富の偏在、人による人の支配。こういった問題を一気に「超克」しようと現れたのが社会主義だった、とは言えるかと思います。富をめぐっての緊張が、二度にわたる世界大戦という、人類にとって大惨事を招いた以上、大戦後に社会主義が一定の勢力となったのは、歴史的必然だったと考えます。

こうした点には、「社会主義は失敗だった」と三十年前に難じた方々は、まず言及しませんでしたけれど。

今から考えると、第二次世界大戦が終わった時点では、さらなる物質的繁栄への希求のほうが、人類の平和的共存への意向よりはるかに強かったです。二度の世界大戦という惨劇を経てもなおです。そういう中で社会主義は、さらなる富を希求することより、富の平等な分配を志向するシステムを目指しました。

だから社会主義は、かなり強引なやり方で導入されることとなりました。「前衛党」による一党独裁というスタイルです。それで社会主義は、民主主義とは相容れなくなりました。こういう体制を、中国をはじめとして、ベトナム、キューバ、北朝鮮といった国々は、なおも維持しています。

ただ、十億以上の人口を抱える中国は、一党独裁による経済的平等という理念だけでは、国がもたなくなってきました。それで、「改革開放」と称して、政治的コントロールは維持したまま、経済だけ自由化を図るという、離れ業に打って出ました。

それが功を奏して、中国はその後国力を高め、今や米国の有力な対抗国となるに至りました。今の中国は、ひと頃東南アジアで見られた「開発独裁」の国のようでもあります。

ベトナムも中国のような路線を採っています。キューバと北朝鮮だけは、伝統的な社会主義システムを頑なに維持しています。

そのようにして、二十一世紀になってもしぶとく生き残っている社会主義国もありますが、大半の社会主義国は、二十世紀の終わりには体制を維持できなくなりました。時代のトレンドは、さらなる繁栄の希求という方向になおもあったため、物質的にますます豊かになっていく資本主義諸国に、勢いで押されるようになっていったからです。

実際、資本主義諸国では、二十世紀前半と比べると二十世紀後半には、かなり豊かになりました。日本もそうで、アジア・太平洋戦争で一敗地にまみれはしましたが、高度経済成長を経て、二十~三十年の間に一気に豊かな国となっていきました。

バブル経済の時期には「一億総中流」の社会になったなどとも言われ、国民の九割は華やかな消費生活を享受できるようになっていたかと思います。

持久戦へ

こういう状況だったので、高校時代は私の周囲では、社会主義は概して不評でした。左派的な政治・経済の教師が、授業中に社会主義寄りの発言をしたりすると、「公立高校の教師のくせに、あんなに（政治的に）偏っていていいのか」と授業後に文句を言ったりするクラスメートがいました。

ホームルームの時間に時々やっていた三分間スピーチで、「自分はソ連や中国のような社会主義国は好かない」と、言い放つ人もいました。もっとも、こういう政治的発言をする人は多くはなく、〝政治的無関心〟のスタンスを取って、受験戦争に勝ち抜くことに主眼を置くという人が大半でした。

社会主義国では政治的に不自由で、生活は自分たちほど豊かではないというイメージは、多くの若者が持っていたかと思います。

そんな中で、アジア・太平洋戦争の惨禍を強く意識し、経済成長よりも人類の平和共存と、時代のトレンドとは逆方向に意識が向かっていた私は、今風に言うと、〝意識高い〟

系の高校生でした。

それでも高校時代は、みんなから浮き過ぎるのはさすがにまずいと思って、表立って政治的主張をするようなことはなかったですけれども。

将棋部や、一緒に活動していた囲碁部では、〝遊び好き〟の人が多くて、文化祭の際にあるOBの方から、

「君は将棋部には珍しい真面目な人だ」と言われたこともありました。

それでも大学には、〝意識高い〟系の人たちがある程度はいました。そういう人たちと出会ったことで、私の政治的志向性は明確に社会主義に向かいだしました。社会主義国の現状はともかくとしても、「戦争の時代の超克」を目指すなら、方向性としては社会主義だろうと考えるようになったのでした。

そう考えて突っ走ってきた私には、社会主義体制の崩壊というのは、天を仰ぎたくなるような事態ではありました。社会主義体制のひずみが抜きさしならないまでになっていた以上、体制の崩壊はもはやどうしようもないとは考えました。それでも、簡単には割り切れないわだかまりが、私の中には残りました。

経済成長への希求が世界でむき出しになる半面、人類の平和的共存というテーマは、後

景に退きそうでした。それで自分の人生のテーマも、手がかりはしばらくは得にくくなるかと思いました。

社会主義崩壊の予感を持ち出していた二十代の後半には、それまでの疾走の反動も出てきました。〝突き抜け〟スイッチが十代の後半にうまく入ったのを良いことに、勢い余って暴走気味だったので、その反動も大きくなりました。まさに失速という感じで、一年くらいはどうがんばっても、エネルギーが沸いてこなくなりました。それで、大学院は休学するしかなくなりました。

当時はやっていた、くだけた言い方を使わせてもらうなら、「プッツンした」という感じでした。私は暴走気味なくらいでしたから、結構エネルギッシュではありました。その私のエネルギーが、突如ストップしたという感じだったのです。

だから教授や、周囲の院生たちは、「何でそうなるの？」という思いだったかと想像します。当時は私も、何でこういう状態になったのか説明はできませんでした。

当時は頭の中では整理できませんでしたが、今から考えると、それまでのように人生のテーマの答えを性急に求めて突っ走り続けるのはヤバいと、私の本能が感じ取ったのだと思います。それで、それまで全開だったエンジンを、強制的に止めたわけです。

「戦争の時代の超克」を志向したはずの社会主義は失敗に終わりそうで、それに代わる人類の平和共存への手がかりも、得られにくそうでした。ですので、「人類の平和共存なんて所詮無理」という形で、私の希求が無惨に打ち砕かれる可能性さえ出てきていました。

ということは、このまま突っ走り続けたら、深刻なアイデンティティ・クライシスに至る可能性が大きいということになります。自分の人生がすべて否定されて、自死に追い込まれたり、精神を病んで、社会的廃人になったりするかもしれません。

だから私には、いったん立ち止まって、人生後半の展開を考え直すしかなくなっていました。少なくとも「平和共存は人類にはかなり難しい課題だ」ということは織り込んだうえで、平和共存へ回路をぎりぎりのところで見いだすというような問題提起を、人生を懸けてやっていくしかないのかな、と感じるようになっていました。

そういう状態になったことには、大学院生活がうまくいかなかったことも関わっていました。「真理を究めたい」などと勢い込んで大学院に進みましたが、政治的に走り過ぎていた私は、自分の人生のテーマを研究テーマとして措定することが、うまくできなかったのです。

政治的・思想的にヒリヒリしていた私には、学問研究のテーマはどこかよそよそしく思えたところもありました。先行研究の整理や資料の収集に多くのエネルギーを費やさなくてはならない半面、かなり限定的な問題提起しかできなくて、何か割に合わないなと思ったりもしました。

どうしようもなくなった一年間は、自分が生死の境で宙吊りになったような感じでした。それで魂は、現実界を越えて、異界に溢れ出ました。魂を異界に避難させるような感じで、空想にふけっていた十代前半に続いて、私は再び異界に触れました。

こういう状況では、「死」の想念が強まります。一歩間違うと自死に向かいかねない、危険な状態ではあります。

ただ私の場合は、人生のテーマが明確だったことが幸いしました。「死」の想念が強まったことで、自分のテーマを追求し切るまでは死ねない、という思いになりました。それで、エンスト状態だった魂に活が入ったような感じで、エネルギーをいくらか取り戻していきました。

私は経済社会の真っただ中でバリバリ働くには、全く不向きな人間です。頭でっかちになり過ぎて、四十年間満員電車に揺られて東京の会社に通い続けた、父のようなタフさも全くありません。そのうえ、男社会の人づきあいも苦手ときています。だから、父のような会社員になったら、身がもたなくなるのは目に見えていました。

それで、自分が世の中で生きていくには、学問の世界に身を投じるしかないという感じで、大学院に進学したようなところもありました。

それが、結局学問の世界も自分の波長とは合わなくて、もう人の世には自分の身の置きどころはないという感じになりました。それでも、自分の人生のテーマをやり切るまでは、しぶとく生きていこうと思いました。たとえ〝ふつう〟の枠組みから決定的に外れることになっても、です。

その頃、高齢の祖母はまだ存命で、父は会社員生活の終盤にさしかかっていました。父は戦後の高度経済成長を担った、昭和のお父さん世代で、タフでした。でもハードワークを重ねていたので、長くは生きられなさそうでした。不思議なことですが、「死」の想念が強まっていた私の中には、こういう予感が生じていました。

それならば、数年後に残るのは母と私ということになります。わが家には、祖父が買い付けて以来、チマチマと運用してきた株式がいくらかありました。だから、つつましく生活すれば、何とか生きていけないことはないかなと、そのあたりはシビアに考えました。

将棋風に言うと、私の人生は難局からいきなり始まり、十代の前半は苦戦が続きました。

それが、十代の半ばから自分の知力が次第に生きるようになり、起死回生の〝次の一手〟も出て、局面が好転しました。ところが、勢い余って攻め急いでしまい、二十代後半で再び形勢を損ねたというところです。

実際の将棋では、攻め急いで形勢を損ねると、たいていは一直線で負けになります。しかし私の人生には、幸い形勢を損ねても、まだ立て直す余地がありました。急戦モードから、持久戦モードに切り替えることができたのでした。

学者の卵としてはモノにならなくなっていた私でしたが、教授の厚意で、しばらくは大学院に置いてもらっていました。その時間で、シフトチェンジを図っていきました。〝ふつう〟の枠組みから決定的に外れるということで、しあわせな結婚をして、あたたかい家庭を築くといった夢想は、完全に断ち切りました。学者として身を立てられれば、名の通った会社に入った人たちに引けを取らないくらい、しあわせな生活を送れる可能性はありました。しかしそういう可能性が潰《つい》えた以上、〝人並み〟からははるかに遠い人生になることは、覚悟しなくてはなりませんでした。

一緒にしあわせに暮らしたいと思えるようなパートナーに出会っていれば、私の人生のアヤも少しは違ってきたのかもしれません。しかし幸か不幸か、そういう運命の出会いは私にはありませんでした。余計なことにはエネルギーを費やさず、人生のテーマに集中しろということだったのでしょうか。

「学者になり損ねたのなら、遅ればせながらふつうに働け」というのが、〝ふつう〟の感覚でしょう。しかし私は、自分はふつうではない縁《えにし》の下に生き、そんな自分にはどこかふつうではないパワーが宿っていると思っていたので、そんな〝ふつう〟の感覚ははねのけました。

「自分の技量の追いつかない戦型は避ける。自分が一番力を出せる戦型で指す」と考えた、高校将棋部の時の感覚が、私には依然としてありました。

私が一番力を出せそうなのは知的探究であり、反対に男社会に身を投じて、ふつうに働く生活をすると、身がもたなくなりそうでした。遅ればせながらの参入となると、自分にとって状況はいっそう厳しくなります。

自分にとっては厳しい道であっても、生活を成り立たせ、人生を展開するにはその道を進むしかないというのなら、嫌でもそうするしかありません。しかし、他にも道があるのなら、無理して〝ふつう〟の枠組みにとどまることはないのではないか、というのが私の考えです。

学問の世界にはとどまれなくなったとしても、別の形で知的探究を続けられる可能性があるのなら、その可能性をとことん追求しても良いではないか、ということです。

囲碁や将棋の世界には、「番勝負」というものがあります。タイトルの保持者が、挑戦者に名乗りを上げた棋士と、先に四勝したほうが勝ちという七回戦制や、先に三勝したほうが勝ちという五回戦制で、対戦を重ねます。タイトル保持者が勝てば、そのタイトルをもう一期保持でき、挑戦者が勝てばタイトル奪取となります。

将棋では、棋界最高峰のタイトルである「名人」や、それに準じる「竜王」は七番勝負で争われ、藤井聡太竜王の初タイトルとなった「棋聖」は五番勝負で決着をつけます。

野球でもこういう試合形式はあって、日本シリーズや、米大リーグのワールドシリーズとリーグ優勝決定戦は七番勝負、米大リーグの地区シリーズは五番勝負です。

こういう形式の下では、一局ごとに戦型を変えて、対戦が進んでいくことがあります。第一局は「相掛かり」、第二局は「角換わり」、第三局は「横歩取り」といった具合にです。いずれも、近年トッププロが指すことの多い戦型です。

これに対して、人生は一番勝負です。ならば、戦型選択はいっそうシビアに行わなくてはなりません。とりわけ私は、人間としてはかなりいびつで、得意なことと苦手なことがはっきりしています。自分の得意なことが活きるよう、自分の苦手が人生の足を引っぱらないよう、いっそう意を尽くさなくてはならないわけです。

「人生の戦型選択」などと、悠長なことを言っている場合ではないことが、人の世では圧倒的に多いことは承知しています。目の前にある道を、さしあたって進むしかないという状況にある人がほとんどかと思います。だから、自分の得意を活かすというスタンスを取ろうものなら、「ぜいたくをするな」という罵声が飛んでくるかもしれません。

それならば、罵声の主にはこう反論したいです。

——私の選択は、確かに世の多くの人からすればぜいたくなものかもしれない。でも私が、世の多くの人たちと足並みをそろえるために、ぜいたくな選択を放棄したとして、それで何か生産的なことが起きますか？　おかしなヤツに、オレたちの足並みを乱されずに済んだと思って、あなたがほんの少し、ほんの一瞬、安心するだけではないのですか？

それならば、人とは違う道を行こうとする者は、みんながとても見つけられないものを、何か見つけてくるかもしれない。そういうことを期待して、待っているほうが、よほど面白くないですか？

私は結局、何も見つけられずに、とぼとぼと帰ってくるかもしれない。それでも、私が惨めな思いをするだけで、誰かが傷ついたり、損をしたりするわけではない。それならば、私のやることを、なじらずに、黙って見ていてくれませんか？　と。

〝ふつう〟の生き方との決定的な決別

〝みんなと同じ〟〝ふつう〟であることが一番良いという感覚は、日本社会が豊かになるにつれて、広がっていきました。〝ふつう〟の生き方から大きく外れなければ、一定レベル以上の生活ができる可能性が大きくなっていたからです。だから、〝ふつう〟〝みんなと同じ〟であることは、安心・安全のための装置とも言えました。

同調圧力が強まっていたので、〝みんな〟の足並みを乱すような言動は、強く非難されました。中学時代、男子でただ一人部活動に参加しなかった私は、その姿勢を学校側から問題視され、「何でお前だけ……」と、クラスメートから冷たい問いかけをされたりしました。

同調圧力の強い学校では、〝みんなと違う〟要素を何らかの形で持っている子どもは、いじめの標的になりやすくなります。だから子どもたちは、〝みんな〟に合わせることに神経をすり減らしたりします。

それで疲れ果てて、学校に足が向かなくなる子どももいます。いじめを受けてつらくなって、学校に行かなくなる子どもも、もちろん少なからずいます。

また、〝みんな〟で価値観を共有するので、一つの物差しに従っての序列づけは、熾烈になります。いくらか頭の良い子どもたちは、成績競争や進学競争でしのぎを削ります。「みんなそこそこしあわせ」という枠組みの中で、〝よりしあわせ〟を目指して、有利なポジションを奪い合おうとします。

私は〝みんな〟の枠組みを外れがちでありながら、その枠組みの中では結構〝勝ち組〟でした。名門と言える大学に進みましたし、そのうえ大学院にまで行ったのですから。

しかし最後には、〝みんな〟の枠組みを外れがちな自分をどうしようもなくなり、〝勝ち組〟のポジションを自分から放棄するような形になりました。

これは〝ふつう〟の感覚の強い人からすれば、理解し難いことでしょう。学問のあり方に違和感を抱いたとしても、一定のポジションを得るまでは、それを心の奥に押さえ込んで邁進《まいしん》するのがふつうでしょう。ましてや、大学院入試を上位で突破して、教授から期待されていたような節もあったのですから。

私にはそれだけ、〝ふつう〟の枠組みから決定的に外れて、なりふり構わないという形になっても、追求したい人生の痛切なテーマがあったということです。

私は十代後半に二度、大胆不敵な計略に打って出ました。将棋の県大会決勝で、中盤で意図的に形勢を損ねて、終盤での逆転勝ちを狙い、狙いどおりの鮮やかな逆転勝ちで、優勝を果たしました。

大学受験では、自分の勢いをさらに引き出そうとして勝負を一年先送りし、ここでは思惑以上と言える結果を得られました。それに続けて、二十代後半から三十歳過ぎにかけては、〝ふつう〟の枠組みを決定的に踏み越える、さらに思い切った手段を採りました。

三度目の大胆な一手も鮮やかな成功を収めたと言えるかどうかは、まだわかりません。それでも、三十歳過ぎから六十歳になった今まで、何とか生きては来られました。だから、少なくとも失敗ではなかった、と思ってはいます。

それでは、人生後半の三十年間何をやっていたのかというと、将棋の〝手待ち〟のようなスタンスを取っていました。

前述のように、富をめぐって争うという世界の構造が再びむき出しになる以上、そのひずみは次第に抜き差しならない形になっていくだろうという予感が、私の中にはありました。だから世界は、経済のコントロールとそれに基づいた平和共存という課題に、いずれは再度向き合わなくてはいけなくなる、という希望は捨ててはいませんでした。よって人生の後半か終盤には、もう一度〝勝負手〟を放てる機会が来るかもしれない、それに備えてエネルギーを温存し、またいざという時に勝負できる態勢を整えておこう、というわけです。

将棋では一手パスというのはありませんが、二手一組で〝パス〟するような指し方はできます。「玉将」や「金将」を左右に行ったり来たりさせます。そのようにして、あえて積極的に駒組みを進めず、ほぼ同じ陣形を保って、相手の出方をうかがいます。こういう指し方を、〝手待ち〟と言います。高度な将棋の世界では時に現れる、勝負の駆け引きです。

数年前に羽生善治九段が、この〝手待ち〟をして快勝したことがありました。自分のほうは積極的に駒組みを進めず、相手にだけ駒組みを進めさせます。そして相手陣に隙ができたところで機敏に攻撃を仕掛け、一気に勝勢を築きました。

人生の〝手待ち〟は、こんなふうに鮮やかな勝利とは、おそらくならないでしょう。人生の勝負どころを見いだせないまま、虚しく年老いていくという展開になる可能性もありました。それでも、そうなったらそうなったでしかたがないと、割り切りました。自分の人生のテーマを追究するには、最後のチャンスをじっと待つという展開にするしか、もはや道はないと考えましたから。

祖父の代から築いてきたお金の縁が、母と私の生活にとっては命綱でした。だからお金のマネージメントだけは、気合いを入れてやってきました。お金の問題が土台にあると、国内外の政治や経済の動きには、敏感にならないわけにはいきません。だからそういうことは、私の思考を上ずらせないという点でも良かったかと思っています。

そんな感じで生きてきましたが、幸い生活も精神も崩れませんでした。ふつうはお金は多少あっても、三十年も〝手待ち〟をやったら、精神が崩れてしまうと思います。そしてその影響で、生活も破綻することでしょう。〝ふつう〟でなく突き抜けたところのある私だからこそ、できた生き方かとは思います。またふつうでない私にとっては、究極のサバイバル術とも言えました。

そんな生活の中で、大学時代のある友人とだけは、いくらかつきあいがありました。彼は関西のある県の有名進学校の出身でした。彼の高校の一年先輩には、自民党の有力政治家もいます。

そんな彼でしたが、一筋縄ではいかない家族の縁《えにし》の下に生きていたようで、高校時代の一時期はノイローゼになって苦しんだそうです。それで、ある宗教への信仰によって、苦境を脱したそうです。苦境をのりこえて、大学へは現役で入っていましたから、かなり優秀な人でした。私は一浪していましたから、高校までの学年は彼が一つ下でした。

やはり何かただならぬものを背負っているという雰囲気があったためか、彼は私のことは気になるようでした。私が暴走の果てに混迷したりしていた時には、下宿先に訪ねてきてくれたりしていました。そんな関係が、大学を卒業した後も続いていました。

そんな彼から、一度こう言われたことがありました。

「日本の国は経済で回っているのだから、これからは経済の一つの歯車として生きるべきなのではないか」と。

その頃彼は、お見合いで知り合った女性との結婚生活に踏み出していました。十代の苦難をのりこえて、しあわせをつかめたという思いがあったのか、自信を深めている感じもありました。信仰する宗教組織でも、地域のリーダーとなっているようでした。

そんな感じで、生活保守主義のほうに傾いていたので、先述のような言葉を発したところもあったのかもしれません。

私には貴重な友人の彼の言葉ではありましたが、受け容れることはできませんでした。自分には大駒の「飛車」の力がありそうなことは、強く感じていました。それなのに、経済の歯車の一つとなって心身をすり減らしていたら、おそらく「飛車」の力を失《な》くしてしまいます。

私には、人生の終盤に勝負どころが来るかもしれないことを考えて、「飛車」を温存しておく一手でした。人生の勝負どころが来るかどうかわからないからといって、大駒の「飛車」を小駒の「香車」のように使うのは、勝つことの放棄です。勝負師的な魂を持っていた私には、それはあり得ない選択でした。

結局、彼の結婚生活は破綻してしまいました。彼の背負っていたのはやはり尋常ならざるもので、その影響で生活に次第に収拾がつかなくなっていったのではないかと、私は感じています。そして彼は、せっかくつかんだしあわせが崩れていってしまった無念さから、次第に元気を失くしていきました。その影響で、彼とは次第に疎遠になってしまいました。

尋常ならざるものを抱えながらも、ふつうのしあわせにしか拠《よ》り所を見いだせなかったところに、彼の不運があったのかなと、私は感じています。彼の元気を失くしていく姿から、やはり尋常ならざるものを抱えていた私は、開き直って〝ふつう〟の枠組みを取っ払ってしまうしか、人生のやりようがなかったと、改めて感じています。

〝手待ち〞をして三十年経ちましたが、私の三十歳前後の見立ては、大筋で当たっていたことが明らかになってきました。むき出しの経済至上主義のひずみは、抜き差しならないものになってきています。

反対に、三十年前に自由主義経済の勝利をしきりにアピールされた方々には、誤算続きだったかと思います。そんな方々は、社会主義のような余計な枠組みを取っ払って、経済の自由な展開に委ねれば、世界はもっとうまく回るようになる、世界はさらに豊かになり、活気づいていくと強調されていました。しかしそれほど単純に事は運ばなかったことは、もはや明らかでしょう。

誤算はまず、日本国内に現れました。バブル経済の絶頂期にあった日本のビジネスマンには、世界が市場経済で一元化されていく追い風を受けて、日本経済はさらに勢いづくと考えた方が、少なくなかったかと想像します。

しかし実際は、全く逆の展開となりました。それまでに経済の勢いがつき過ぎていた反動が出てきて、社会主義崩壊の後を追うように、バブル崩壊と相成りました。

日経平均株価は、一九八九年末に四万円に近づいた後、数年で大きく値を下げました。それで、時流に乗って株式投資に励んでいた人たちが、パニックになったりしました。

株式をいくらか持っていたわが家も、例外ではありませんでした。当時運用のイニシアティブを握っていた父には、株価が上がり切ったところで売り抜けるというような機転は、残念ながら利かなかったようです。うまい時期に売っていれば、わが家の金融資産は何割増しかにはなっていたのではないかと思います。今さらタラ・レバで話をしてもしかたがないのですけれど。

そしてその後、日本経済は大失速から立ち直れないままです。「失われた」二十年とも三十年とも言われる、長期停滞が続いています。

経済のグローバル化と言われる状況の中で、発展途上国では、経済が上り調子になったところが少なくないかと思います。先進国でも米国は、金融やITを梃子《てこ》として、グローバル化の恩恵を相応に受けたかと思います。

しかし先進国は、三十年前に期待したほどのグローバル化の果実は、総じて手にできなかったのではないでしょうか。

その米国でも、上昇気流に乗れたのはひと握りの人たちだったようです。それで格差が広がり、中間層には取り残され感を深めている人たちが少なくないのではないかと思います。産業構造の再編の下で、不遇をかこっている人たちもいるようです。

そんな人たちの鬱屈した感情が、怪しげなパフォーマンスが目立ったドナルド・トランプ氏のような人物を、米国の栄光を取り戻してくれる救世主のように感じて、大統領の座に押し上げたのでしょうか。

また米国では、一九九〇年の日本と同じように、経済の勢いがつき過ぎた反動が起こりました。二〇〇八年のリーマンショックで、超大国の経済のつまずきは、世界を大きく揺るがしました。日本でもその影響で経済が失速し、派遣切り・雇い止めに遭って、生活に窮する人が続出し、ＮＰＯなどにより〝年越し派遣村〟なるものが開設されたりしました。

米国や日本の他に、韓国やロシアも、一九九〇年代に経済危機に見舞われました。社会主義の体制が世界の一定の部分を占めていた頃に比べれば、世界経済は確かに勢いづいてきているのかもしれません。半面その動きが、かなり荒っぽくなってきているようでもあります。そんなところが、中長期的には世界に悪影響を及ぼしていくかもしれません。世界はまだまだ、大誤算に翻弄されていくのではないでしょうか。

経済のグローバル化の恩恵を最も受けたのは、中国と言えるかもしれません。一党独裁体制を維持しながら、経済の門戸だけ開くという戦略が功を奏して、十億以上の人口を擁する中国には、グローバル化のエネルギーが勢い良く流れ込んできました。先進各国も、世界経済をさらに勢いづけようとして、中国の取り込みを図ってきました。

そうしたのは、中国の政治的軟化も狙いの一つだったかと思います。天安門事件を起こした強面《こわもて》の中国でしたが、市場経済化が進めば、それにつれて民主化も進むだろうと考えたわけです。

しかしこのあたりにも、誤算が生じました。中国は民主化するどころか、近年はいっそうの強権ぶりが目に付きます。そして、独裁色を強めながら国力だけ高めた帰結として、軍事への注力が加速しています。東アジアのパワーバランスを大きく変えかねないくらい軍事的な存在感を高めており、米国や日本にとっては厄介な相手となってきています。

経済のグローバル化が進めば、民主主義が世界の基調となっていくかと思えたのに、反対に〝権威主義国〟が力を付けて、民主主義国を脅かすようになってきたのです。

民主主義国で、民主主義がうまく機能しないといった現象も目に付くようになってきています。安定した中間層の存在がなくては、民主主義はうまく機能しないようです。格差が広がり、多くの人が中間層からの脱落の不安にさいなまれるような状況では、政治は荒っぽくなりがちです。

私が子どもの頃は、日本の国力はアジア圏では頭二つくらい抜けている感じでした。それが、かつては後塵《こうじん》を拝していた中国、韓国、台湾といった国々に追い上げられたり、追い抜かれたりして、長期停滞の中でモヤモヤ感を深めている人ほど、面白くないのではないかと思います。

そんなところから、「嫌中・嫌韓」感情が生じているのかと思います。とりわけ韓国とは、北朝鮮への対応を考えても、もっと連携を深めなくてはならないはずなのに、なかなかうまくいきません。それで、米国のバイデン大統領からも苦言を呈されたりしています。

気候危機と少子化

「誤算」とは少し違いますが、世界経済を勢いづけるということだけでは解決できない、厄介な問題も生じてきました。気候危機の問題です。三十年前の時点でも注目されだしていたかと思いますが、文明社会の存続を脅かしかねない大変な問題であることが、今や明らかになってきました。

人類がここ何百年かで経済のエネルギーを大きく高めてきたことが、問題の根本にありそうですから、経済至上主義のスタンスを変えない限りはお手上げということが明らかです。経済の自由に委ねれば、世界がうまく回るどころか、世界が壊れてしまいかねなくなっているわけです。

そのあたりを十分問わないまま、とにかく技術革新で問題をのりこえようというスタンスを取られる方もいます。しかし、問題の根源に切り込まないまま、技術革新だけを求めても、どうしようもないように思えます。

最近ではよく、「持続可能な開発目標」（ＳＤＧｓ）といったスローガンが掲げられたりしていきます。しかしそれは、問題の本質をぼかした言い方で、「今までのような経済開発を続けていたら、文明社会自体がサスティナブルではなくなる」と、もうはっきりと言うべきだと私は考えます。

「子どもの世代、孫の世代の安定的な生存が危うくなっているのに、それでもなお経済成長を貪欲に求め続けますか？」と、真剣に問わないといけなくなっているのではないでしょうか。

経済が上り調子の時代に活躍できた、先進国の中高年世代には、「がんばって働けば、十年後、二十年後にはもっと良い暮らしができる。子どもの世代、孫の世代はもっとしあわせに生きられる」といった感覚を持たれている方が、依然として少なくないのかと思います。

でもそういう感覚は、それこそ「誤算」になってきています。若い世代は、しあわせに生きられるかどうかさえ、わからなくなっています。

気候危機以外にも、先進国は低成長ないしは経済の長期停滞に甘んじているという問題にも直面しています。だから、今の暮らしのレベルを維持することさえ、もうかなり難しくなっていて、そう遠くない時期には、生活のレベルをかなり下げることで、何とかサバイバルを図らなくてはならない人が続出するのではないかと、私は考えています。

すでに日本では、貧困がかなり広がっていて、子どもの七人に一人くらいは貧困家庭に暮らしていると聞きます。しかしこれからは、それにとどまらない貧困の問題が広がっていくかもしれません。


文明社会が成り立たなくなるかもしれない。生きること、暮らしていくことが、今よりずっと厳しくなるかもしれない。そんなふうに明確には意識していないかもしれませんが、将来が何となく不安だと感じている方は、若い世代には少なくないのではないか、と想像します。

オジさん世代は、「昔はもっと世の中に活気があったのに、それが今は……」などと嘆いていればよいかもしれませんけれど、若い世代はこれから何十年も、世の中で生きていかなくてはなりません。だから、これから自分たちにふりかかってきそうな問題に、より敏感にならざるを得ないと思います。

「子どもは、できれば産みたくない／産む気にならない」という思いを抱いている若い女性だって、少なくはないのではないでしょうか。今だって子どもをもうけること自体に、相当な覚悟が求められるようになってきていますし。

だからジイさん・バアさんには、「早く孫の顔が見たい」などと気安く言わないというくらいの慎みが、必要になってきていると思います。

私にも、人の世の行く末は決して明るくないという予感があって、子どもをもうける気にはならなかったところがありました。〝運命の人〟と出会わなかったことだけが、私の非婚の理由ではありません。

私は六十年余り生きてきましたが、生きてきて良かったと思ったことは、残念ながらありません。高校の時、将棋の大会で優勝できたことと、旧帝大に合格できて父に喜んでもらったこととが、多少嬉しかった思い出としてあるくらいです。

それ以外は、一歩間違ったら地獄に落ちるかもしれないところを、ぎりぎりで生きしのいできたというのが正直なところです。

私には知力と精神力、そしてお金の縁は、ふつうよりいくらかあったかと思います。そういうラッキーな縁があったからこそ、何とか生きてこられました。

しかし私の子どもは、同じようなラッキーに恵まれるかどうかわからないわけです。それどころか、生き地獄で苦しむ可能性のほうが大きいかもしれないのです。ならば子孫など残さないほうが良いではないかと、私は考えました。

「生まれてこないほうが良かった」「生きるのがこんなに苦しいのに、お父さん、お母さん、どうして僕／私を産んだの？」

こんなことを口走る子どもが、これからは増えていきそうに、私には思えます。それらは人間の唇に乗り得る、最も悲痛な言葉と言って良いかもしれません。

ですから、こんな悲しい言葉を子どもに吐かせてしまう可能性が相応にあるのなら、子どもなど初めからもうけないほうが良いというのが、私の考えなのです。

こんな考えをしている私としては、若い世代の皆さんに呼びかけたいことがあります。子孫を残すことは、私たちの生き物としての最も本源的なエネルギーに突き動かされての行為です。そのようなエネルギーで子どもをもうけようとしているのなら、私から横槍《よこやり》を入れる筋合いは全くありません。

しかし今の世の中では、必ずしも純粋な生体的な動機に基づいてというわけではなくて、「早く赤ん坊の顔が見たい」といった、親や親戚筋からの心理的なプレッシャーとか、世間体を意識してとか、動機に不純なものが交じっていることが、往々にしてあるものです。

もしそうならば、子どもをもうけることが、自分たち夫婦や、生まれてくる子どものしあわせに本当につながるのかどうかをよく考えて、決断されるのが良いと思います。

お隣の韓国では、日本以上に少子化が深刻です。韓国では「ヘル（地獄）朝鮮」と言われるくらいの〝生き地獄〟状況があるとの話です。

死ぬほどがんばらないと、まともには生きていけないくらいなのだそうです。それで、結婚して子どもをもうけることなどとても考えられないという人が、少なくないとのことです。一九九〇年代に直面した経済危機をのりこえる過程で、日本以上にタフな資本主義社会となっていったことが、背景にありそうです。

いまだに〝冷戦〟の最前線にあることも、もちろん関わっているかもしれません。

朝鮮戦争は〝休戦〟はしていますが、正式には終わっていません。だから韓国は、法的には今でも戦時体制下にあります。男子には兵役の義務があり、韓国の男性の芸能人やスポーツ選手の兵舎入りが、日本でもしばしば話題になったりします。

いずれにしても、人間が生きるには平和であることが一番です。だからこそ日本では、戦争が終わって、これからは平和な時代になるといったムードが広がった一九四〇年代後半には、出生数が大きく増えて、ベビーブームが起こりました。

反対にこれからの日本では、平和が脅かされたり、生き地獄状況が広がったりしかねないのです。ですので、よほどしっかりした絆《きずな》のもとにこの世に生まれてきた人でないと、生きるのが難しく、苦しくなっていくと思います。自死に追い込まれる人も、再び増えていくかと思います。

ですから私は、少子化の問題があるからといっても、「産めよ、増やせよ」というスタンスは、とても取れません。

食糧危機から戦争へ

日本や韓国は深刻な少子化に見舞われていますが、世界の人口はなおも増加傾向です。七十八億の世界人口は、九十五億くらいまでは増えるのかもしれません。

しかしそうなると、厄介な問題が生じてきます。それだけ多くの人たちの腹を満たすのは、なかなか大変なことだからです。

食糧危機は、すでに深刻化しだしています。その深刻化が今後さらに進む可能性は、大いにあるのではないでしょうか。気候危機で農業生産が大打撃を受けるといったことも、考えられるわけですし。

大規模な食糧危機は、少し先の話とも言えなくなってきています。今、戦火を交えているロシアとウクライナは、ともに穀物輸出大国です。ですので、ウクライナ危機の影響で世界の食糧輸出が滞って、二〇二二年中にも相当深刻な食糧危機に見舞われかねなくなると、言われ始めています。

うまく対処できなければ、億単位で餓死者が出るといった事態になったら、世界はどうなるのか。

飢えた多くの民衆を抱えた国の指導者にとって、座して死を待つという選択はあり得ません。ですので、世界からの救援も十分見込めないとなったら、残された道は一つ、食糧をどこからか奪ってくるということです。食糧が割とあって、かつ攻め込みやすそうなところに侵攻するということです。

それどころか、その地域の人たちを皆殺しにしてでも、食糧を奪ってこい、といったことになるかもしれません。人々が殺し合って、殺し合いに勝ったほうだけが生き残るという、ディストピアを描いたマンガのような世界が、実際に現れるかもしれません。

そんなふうにして、世界が殺伐としてくるのは間違いないと思います。戦乱が各地に広がって、第三次世界大戦へと至る可能性だってあるのではないでしょうか。

第三次世界大戦といえば、ウクライナ危機がロシア軍と米軍・NATO軍の全面対決に発展した場合には、おそらくそうなるのでしょう。そしてそうなった場合には、まずロシア側が核兵器の使用に踏み切る可能性が高くなると、私は見ています。

そうなると、米側も当然核報復に出て、世界最終戦争といった様相を呈しかねなくなるでしょう。文明社会が徐々に崩れていくどころか、一気に人類の滅亡にさえ至りかねないのです。

米ロ全面核戦争になったら、日本にだって核ミサイルが何発かは撃ち込まれかねません。日本には、重要な米軍基地がいくつかありますから。

国内の原子力発電所が、長距離ミサイルで狙われるようなことだってあるかもしれません。浮き足立った北朝鮮が、韓国や日本に核ミサイルを撃ってくるようなことだって、考えられなくはないでしょう。

今のところ米側は、直接の軍事介入は避けるといった、一定の慎重さを保ってはいます。ロシア側にも、米ロの全面対決は避けたいという思いは残っているかと考えます。ですので、一気に〝世界最終戦争〟にまで至る可能性が高まっている、とまでは言えないかと思います。それでもその可能性は、軽く考えて良いほど小さくもないというところでしょうか。

世界の人々の心がざわついてきているのは、ロシアの指導者が非理性的になってきているからです。六十年前のキューバ危機の際は、米ソの指導者がぎりぎりのところで理性を働かせて、破局的な衝突を何とか回避することができました。

ところが今回は、ぎりぎりの危機回避ができるかどうかが、何ともおぼつかなくなっているわけです。

ロシア側にとって芳しくない展開が続いた場合、事態打開のために小型核兵器の一発くらい使ってしまおうか、という考えが浮上してこないとも限りません。米側も全面核戦争は避けたいだろうから、限定的な核使用なら、核報復には出ないだろうと見てです。

しかし思惑が外れて、全面核戦争にエスカレート。そんな展開があり得ることは、十分考えておかなくてはいけないかと思います。

日本でも心がざわついてきている人が少なくないようで、核抑止の強化を求める声が上がったりしています。でも核抑止という考えは、相手側の指導者が一定の合理的な判断をすることが見込めてこそ、何とか成り立つものではないでしょうか。

相手が非合理的な情念に突き動かされて、核ミサイルの発射ボタンに手をかけかねなくなっているのだとしたら、核ミサイルを撃ったら、こちらも撃ち返すという脅しを強めたところで、ミサイル発射を思いとどまるかというと、あまりそうは思えません。

ロシアによる侵攻から数か月が経過しましたが（二〇二二年十月現在）、ウクライナ危機には一向に終わりが見えません。何でこんなことに、という思いを抱かれている方は、少なくないのではないでしょうか。

こんなたとえを用いてみると、問題の状況が見やすくなるのではないかと、私は考えています。事態の深刻さからすると、少々不謹慎なたとえ話かもしれないですけれど。

——ある街のある中学校に、やたらに腕っぷしの強い、P君という〝番長〟がいました。そのP君は最近、同じクラスのZ君のことを苦々しく思っていました。少し前までZ君は、P君につき従っていたのに、最近は微妙な距離をとるようになっていたからです。そのうえZ君は、妙に格好をつけて、クラスメートの人気を集めるようにもなっていました。

それでP君は、いっそうムカついていました。一度Zのヤツをとっちめてやろうという思いが、P君の中で高まっていました。

ある日の夕刻、P君はその思いを実行に移しました。部活終わりのZ君を、子分を使って人目につかない体育館の裏に呼び出し、〝タイマン（一対一のケンカ）〟を仕掛けました。自分の腕力をもってすれば、Z君などたちまちねじ伏せられると、P君は思っていました。

ところが、Z君の必死の抵抗によって、P君は大苦戦を強いられました。少し前まではきゃしゃだったZ君でしたが、いつの間にか体力をつけていたようでした。〝タイマン〟は一進一退で、〝痛み分け〟とするしかなさそうな雰囲気になってきました。

しかしP君にとっては、〝痛み分け〟という結果は、とても受け容れられませんでした。そうなったら、〝番長〟の自分に大善戦したZ君は男を上げて、クラスでの人気をますます高めるに違いありません。Z君の鼻っ柱をへし折ってやろうと思って仕掛けたケンカで、反対にZ君に名を上げさせたとなったら、シャクなことこのうえありません。

一方自分には、惨めな結末が待っているに違いありません。自分から仕掛けた〝タイマン〟で、格下の相手をねじ伏せられなかったとなると、〝番長〟としての自分は終わりでしょう。面目丸つぶれとなって、もう学校にも出ていかれなくなるかもしれません。元番長の不登校児という、何とも締まりのない姿をさらしているかもしれません。

結構悪知恵の働くP君は、実は不測の事態に備えて、〝凶器〟をひそかに用意していました。「もうアレを使うしかないか」という思いが、P君の中で強まっていました。アレを使ったら、Z君の心身は深く傷つきます。街も大騒ぎとなって、自分は少年院行きということになるのでしょう。それに何より、〝タイマン〟での凶器の使用など、〝番長〟としては御法度です。

それでも、たとえ何年かは少年院暮らしとなっても、いつかは〝娑婆〟に戻ってこられます。それならば、このまま〝痛み分け〟となって、面目を保てなくなるよりは、たとえ〝番長〟としての法《のり》を踏み越えてでも、Z君をなりふり構わず打ちのめしておくほうが、自分の行く末にはまだしもかすかな希望が残るのではないか――P君の心は、こんな身勝手な思いに支配されてきました。

世界を揺るがしている大問題が、〝不良〟中学生の話にぴたりとはまってしまうから不思議です。それだけ、かの大統領は、クソガキレベルの愚劣な精神性で、軍事力を弄んでいるということの表れだと思います。そういうところが、事態の深刻さを加速していると考えます。

世の中には、高い社会的地位にあるのに、あるいは何らかの分野で高い能力を発揮しているのに、精神はそのことに不釣り合いなほど幼稚という人が、ある程度います。かの大統領も、そんなタイプの一人なのかと感じます。

かの大統領は、政治的なパワーゲームには長けていたのかと思います。それで、旧ソ連崩壊後の大混乱を経たロシアで、大統領の地位に上りつめ、二十年にわたって国のトップに君臨してきました。しかしその心性の根本には、それこそ中学生のような、一本気なパワー信仰があるのではないかと感じます。

かの大統領には尋常ならざるものを感じた、といった類いの話が、外交の場で大統領と相対した西側の方から、実際しばしば出てきたりします。〝大人〟のバランス感覚に欠けるといったところが、やはりかの大統領にはあったのではないかと想像します。

二〇一四年のクリミア半島併合では、力のゴリ押しが割とうまくいきました。国際社会との軋轢も、それほど強まらずに済みました。日本政府も、北方領土問題でのロシアとの合意を探っていたこともあって、強いロシア批判には出られませんでした。

またロシア政府は、強腕ぶりを示したことで、国民の支持を高めました。旧ソ連崩壊後の混乱期には、ハイパーインフレによって資産を大きく減らし、辛酸をなめた国民が少なくなかったとのことです。かの大統領の強腕は大国復活を印象づけ、傷ついたプライドを修復してくれたと感じた国民が、少なくなかったのかもしれません。

そんなこともあってか、今回のウクライナ侵攻後も、かの大統領はしばらくは、高支持率を保ちました。大統領の支持率が高いのは、情報統制のためだけではないのではないかと、私は感じています。

今回のウクライナ侵攻には、〝二匹目のドジョウ〟を狙ったところはあったのかと思います。自らの政治的求心力をますます高めて、天にも昇るような権力の高みに自らを押し上げたい――パワー志向のとりわけ強いのであろう、かの大統領は、政治キャリアの終盤に差しかかっていることもあって、そんな思いにとらわれたのではないかと想像します。

それで、親西欧路線を採る目障りな隣国の大統領を力ずくで排除して、復活した大国ロシアの強腕ぶりを世界に見せつけようとしたのでしょう。西欧流の自由主義が、隣国から自国に染み込んできたら、権威主義体制が揺らいで、厄介なことになりかねないですし。

そんなことも考えて、軍事侵攻に踏み切ったのではないでしょうか。第二次世界大戦の口火を切った、ナチス・ドイツのポーランド侵攻は、欧州制覇をもくろんだ、領土的野心に突き動かされてのものでした。今回もそれよりは小ぶりなものとはいえ、一種の政治的野心に突き動かされているのではないかと考えます。

ところが今回は、ウクライナ側の必死の抵抗に遭って、泥沼にはまってしまいました。おそらく、かの大統領は前述の番長のP君のような窮状にあります。これ以上傷を深めないためには、〝痛み分け〟とするしかなさそうなのですが、そんな結果になったら、自らの政治的求心力を一気に失うに違いありません。

P君の場合は番長として終わりますが、かの大統領は政治指導者として終わります。そして、かの国のような強権体制の下では、政治生命の終わりは人生の終わりに直結しかねません。ですので、〝痛み分け〟なんか認められないという事情は、かの大統領のほうがよほど深刻なはずです。

ということは、「もうアレを使うしかないか」という思いが、P君以上に高まっても不思議はありません。この場合の〝アレ〟とは、言うまでもなく核兵器です。

原子力発電所を破壊するという暴挙に出そうな雰囲気もあります。当初は、米側への牽制として、原発を占拠したのではないかと思います。米軍・NATO軍が軍事介入の姿勢を見せたら、原発を破壊して、ウクライナの国土を放射能まみれにすることも辞さないというメッセージが、そこにはあったのではないでしょうか。

そんなこともあって、米側は直接の軍事介入には慎重な姿勢を取っていますが、それでもロシア側は、原発への危なっかしい行為をやめません。それは場合によっては、ウクライナ側に大打撃を与えるという目的で、原発を破壊するという選択肢を捨てていないからではないかと、私は考えています。

とにかくロシア側には、〝痛み分け〟で事を収める余地は現状ではなく、ウクライナ側を打ちのめしたという形にならない限りは、戦争をやめないのではないでしょうか。親西欧的な政権への力ずくの打倒という目的は果たせませんでしたが、その目的に近い〝戦果〟はあげないと、手を引けないと私は考えます。だから、限定的な核使用や、原子力発電所の破壊といった、なりふり構わないやり方をしてくる可能性があるわけです。

ウクライナ国民の惨状を目の当たりにして、「一日も早い停戦を」といった思いを抱かれている方は、少なくないかと思います。〝停戦〟に向けての提言も、いろいろと出されたりしています。

しかし現状では、〝停戦〟を図れる余地はほぼありません。ものを考えるならば、こういうリアリズムは踏まえなくてはなりません。

それならば、〝希望〟はないのかというと、そんなことはないと思います。ロシアがもし〝痛み分け〟の〝停戦〟を受け容れざるを得なくなったら、まず間違いなく、かの大統領は権力の座を追われます。ということは、かの大統領が権力の座を追われたら、さすがのロシアも〝停戦〟に傾く可能性が大きいわけです。逆もまた真なり、ということです。

かの国には、戦争政策を続けるツァーリ政権に、民衆が反旗を翻して、権力の座から追い落としたという歴史が、ロシア革命に至る過程であったかと思います。歴史は繰り返すということは、結構あるものだと思います。

国民を厳しく統制しているかの政権ですが、それでも国民の間の反戦・厭戦の気分の高まりは、押さえ難くなってきているようです。ウクライナ侵攻のあまりの醜悪さが国民に明らかになっていけば、政権が揺らぐという事態に至る可能性は、十分にあるのではないでしょうか。それで、かつてのように民衆の烽起に至ったり、あるいは側近が反旗を翻して、クーデターが起こったりするわけです。

かの政権を揺るがし、ロシアの人々の覚醒を促せるような情報を流せるかどうかが、人類の命運を左右すると言っても、過言ではないと思います。これだけ情報化が進んだ世の中なのですから。プロパガンダやフェイクニュースに抗して、実のある情報を伝え、情報戦を制すること。これこそが、これ以上の惨劇を食い止め、世界の平和をぎりぎりのところで保つための、唯一の〝勝負手〟だと私は考えます。

ロシアによる核の脅しに怯えて、核抑止を強めたところで、今のロシアの暴走は止められません。相手の攻勢に煽られて、あまり効果のないところに「飛車」を投じてもしかたがありません。〝勝負手〟として「飛車」を打つなら、最も効果のあるところでなくてはなりません。

「歴史は繰り返す」ということで、もう一つ言わせていただくと、ナチスが台頭した戦間期のドイツと、今のロシアは、何となく似ているなと感じます。ドイツは第一次世界大戦の敗北を、ロシアは〝冷戦〟の敗北を、一番大きく背負いました。そしてドイツでは、天文学的数字とも言うべきレベルのハイパーインフレが起こり、一九九〇年代のロシアも、かなりのレベルのハイパーインフレに見舞われました。

それで人々は打ちのめされ、そこに打ちひしがれた人々を鼓舞するような、強腕の指導者が現れました。そして少なくない人たちは、失った自分たちの威信の回復を、その指導者に託すようになっていきました。それで指導者は、人々の思いも背負って、欧州制覇・東欧制覇の野望を抱き、戦争に打って出ました。

こうして見ると、今が第二次大戦と第三次大戦の〝戦間期〟である可能性が高いことがわかります。と言うより、第三次世界大戦が目の前に迫っていると言うべきでしょう。

たとえ〝小型〟のものではあっても、ウクライナに対して核兵器が使われたら、さすがに米国も黙ってはいられなくなるでしょう。戦火が周辺国に飛び火して、NATO加盟国にまで及んだら、やはり米国は黙ってはいられなくなるでしょう。一日も早く停戦が実現しなくては、そんなふうにして制御不能に陥って、第三次世界大戦になだれ込んでいく危険と背中合わせです。

もはやかの大統領は、隣国がどれほど傷つこうが、世界を滅亡の淵に追いやろうが、お構いなしという感じかと想像します。自らの権勢の保持のためには、手段を選ばなくなっていると思います。かの大統領が倒れるか、世界が滅ぶかという抜き差しならない形で、人類は史上最大と言っていいほどの勝負どころを迎えていると思います。

ヒトラーは、かの大統領以上の危険な野望を抱いていたとはいえ、核兵器までは手にしていませんでした。だから、世界に大惨事をもたらしたとはいえ、人類の滅亡からはまだ距離のある地点で、その暴走は止められました。

対してかの大統領は、ヒトラー級の危険人物となり果てたとまでは個人としては言えないまでも、ヒトラーが手にできなかった核兵器を、それも大量に手中に収めています。それで、もしその暴走を止められなかったら、人類を滅亡の淵に追いやってしまうくらいの、ヒトラー以上の超危険人物となるに至っています。今回の事態には、こういう複雑な面があると考えます。

今回の〝戦間期〟は、幸か不幸か、結構長くなりました。そんなこともあって、「すわ、第三次世界大戦か」という物言いがメディアやネット空間で踊ってはいても、人類の危機の切迫を本当にリアルにとらえている方は、まだ多くはないように感じます。史上最大の勝負どころを勝ち抜くには、私たち自身の覚醒も欠かせないと考えます。

世界の情報化が進んで、世界中のかなりの人たちが情報環境にコミットできるようになりました。ですので、情報戦は総力戦です。ロシア国民を覚醒させられるかどうかは、私たち一人一人がどれだけ精神を覚醒していけるかに、かかっていると言えるでしょう。

かの大統領は、隣国の目障りな大統領を、武力で排除しようとしました。私たちは、人類の滅亡を何とか回避しようとするなら、かの大統領を、知略を尽くして排除するよりほかにありません。

そうしなくては、ウクライナとの和平も見込めないと考えます。〝排除〟の視点を欠いた〝停戦〟への提言は、現状ではほぼ無意味だと思います。

笑うバルタン星人

もしかしたら人類も、いよいよおしまいなのかなと、私は思ったりしています。そしてこんな終わり方をした人たちが、そういえばいたなと思ったりもしています。地球の話ではないですけれど。不謹慎な連想かもしれないですけれど。

私と同世代の方は記憶にあるかと思いますが、ウルトラマンの宿敵であるバルタン星人が、なぜ地球に来たのかを思い出してみてください。

発狂したバルタン星の科学者が、自分たちが宇宙旅行中に故郷の星を核で破壊してしまったと、彼らは言っていました。それで、宇宙を放浪した末に、ようやく地球が自分たちの住めそうな星であることを知って、やって来たとのことでした。その代表者の一人のみがノーマルサイズで、残りの二十億人くらいは、ミクロ化して宇宙船の中で眠っているということも言っていました。

彼らは自分たちのこういう事情を、〝宇宙語〟で地球人に伝えようとしました。地球側では、科学特捜隊のイデ隊員が宇宙語をいくらか解したので、代表して交渉にあたりました。

ところが、イデ隊員の宇宙語力は、立ち入った話を媒介できるレベルではありませんでした。それで業を煮やしたバルタン星人は、近くで気絶していた同僚のアラシ隊員の脳に、ミクロ化して侵入し、同隊員の脳と口を介して話を進めました。

イデ隊員はアラシ隊員の口を介して、バルタン星人から「君ノ宇宙語ハワカリニクイ」と文句を言われるという羽目になったのでした――。

私は幼稚園児の頃、「セブン」や「サンダーバード」はテレビにかじりついて観ていましたが、「ウルトラマン」は観ていた記憶がありません。ですので、大人になってからしばしば再放送されていた折に、観た感想です。大人になってから観たので、ストーリーのただならなさが印象に残りました。

バルタン星人は、〝先住民〟である人類の事情などお構いなしに、地球への強行移住を図ろうとしました。それで、地球人を屈服させようとしたのか、地球のインフラを怪光線で破壊したりしました。その結果、スペシウム光線で撃滅され、最後は宇宙船ごと殲滅《せんめつ》されてしまいました。

残りのバルタン星人は、ウルトラマンが〝安楽死〟させたのかと思います。これ以上行くあてもなく宇宙空間をさまよわせるのは、忍びなかったからです。それでも、大人になってから観たので、やり切れない結末だなと思いました。

私が幼少の頃放映されていた特撮作品には、それこそ突き抜けた空想の力が発揮されていたところがあって、大人になって改めて観ると、よくそんなところまで空想していたものだと、しばしば感心させられます。

「ウルトラマン」でバルタン星人の次に登場した異星人（ザラブ星人）は、地球人の宇宙語力がおぼつかないことを見越してか、宇宙語自動翻訳機を携えていました。今のスマホのようなスマートなものではなかったですけれど。

「セブン」には、アップルウォッチのような形状の、未来型通信機が登場していました。

「サンダーバード」では、主人公の兄弟たちが、宇宙ステーションに常駐する一人も含めて、リモートでのやり取りをふつうにしていました。

サンダーバード2号に搭乗して現場に向かっていたブレインズ博士が、遭難した超音速旅客機の設計図を、機中で電送写真で受け取るシーンもありました。〝空飛ぶ車（ペネロープ号）〟も登場していました。

「セブン」に登場したポインター号も、時々〝空中浮遊〟をやっていました。ITが発達するずっと前にこういうものを考え出していたのだから、恐れ入ります。

これらが制作されたのは一九六〇年代で、世界大戦の記憶がまだ生々しく残っていた時代だったのかと想像します。そんなところが、人類が直面したやり切れない現実を突き抜けたいという強烈な思いに転化して、空想の力を刺激したのかなと思えます。

実際「ウルトラ」の世界では、沖縄の地上戦や、旧満州からの引き揚げを幼少期に体験した人たちが、制作のキーパーソンになったりしていたのだそうです。

未来を先取りするようなものを次々と登場させていたのだから、実はバルタン星人の姿こそが人類の未来を何より先取りしていた、ということになったっておかしくはないわけです。本当はバルタン星人は、「我々もずいぶん愚かだったけれど、君たちだってきっとそうだよ」というようなことを、宇宙語で言っていたのではないかなと、私は勝手に想像したりしています。宇宙語で言っていたので、宇宙語力があまりなかった地球人には、理解できなかったわけです。

そう考えると、バルタン星人が何であんな笑い方をしていたのかも理解できます。

自分たちの愚かさを自嘲しつつ、自分たち以上に愚かな結末となるかもしれない人類の未来を、哄笑《こうしょう》していたわけです。品のよろしくない言い方ですが、〝目クソ鼻クソを笑う〟という類いの笑い方だったわけです。

バルタン星人は「ウルトラマン」に、再度登場したりしました。だからもしかしたら、自分たちの住めそうな星を地球以外に見つけて、そこへ穏便に移住を果たした幸運な一団があったりしたかもしれません。

だから私は、「ウルトラマン」の数十年を経ての大ドンデン返しの結末というのもあるのではないかと、やはり勝手に想像しています。

人類はウルトラマンにさんざん守ってもらったのに、ウルトラマンがいなくなったら核戦争を起こして、勝手に滅亡してしまったというストーリーです。地球の平和を何よりも脅かす者は、ほかならぬ人間自身だったという、仰天のオチになります。

地球の一番の敵が地球人自身だったということになると、さすがのウルトラマンもお手上げです。地球人の自滅を知ったウルトラマンの脳裏には、地球を離れた日のことが甦りました。あの日ウルトラマンは、地球に現れた宇宙恐竜ゼットンに倒され、一度落命しました。その後で、急きょ地球に駆けつけた宇宙警備隊の隊長・ゾフィーから、新たな命を授かって、復活しました。

そしてゾフィーから、こう諭されたのでした。

「ウルトラマン、いつまでも地球にとどまってはいけない。地球の平和は、地球人自身の手で守らなくてはならないのだ」

それでウルトラマンは、地球や地球人に対して芽ばえていた愛着の心を断ち切って、地球を去ったのでした。

あの時のゾフィーの言葉を思い出したウルトラマンは、宇宙語かウルトラ語で、こうつぶやきました。

「地球の平和は、地球人自身の手では守れなかったのだ。それもよりによって、あのいまいましいバルタン星人と同じように、核を弄んで愚かにも滅んでしまった。何ということだ……」

そしてウルトラマンは、ゾフィーともども、静かに、そして深く落胆しました。

一方、宇宙のどこかで生き残っていたバルタン星人の残党も、事の成り行きを知ります。

そして例の悪魔的な高笑いを、ひときわ声高く宇宙に響かせて、終幕となります。

「地球のヤツらって、やっぱり我々に輪をかけて愚かだったね」

こちらのほうが、映画の「シン・ウルトラマン」よりよほどシュールで、味わい深いストーリーなのではないかと、私は思います。おそらく地球の皆さんには、受け容れてはもらえないのでしょうけれど。

もう一つ、バルタン星人のことで言うと、テレビシリーズではその〝肩書き〟は「宇宙忍者」となっていました。しかしテーマの政治性を考えるなら、その〝肩書き〟は「宇宙核難民」とするのが適当ではないかと、私は考えます。


それはともかく、生き残りのバルタン星人がもしいたら、哄笑されてしまいかねないようなヤバい展開に、現実の地球がなってきているのは、間違いないと思います。

地球時間の六十年ばかり前にあったらしいバルタン星の出来事を、「他山の石」ならぬ「他星の石」とできるかどうかが、地球人には問われてきそうに思えます。

核大国の指導者の愚行が、世界を〝最終戦争〟に引きずり込みかねなくなっているのですから、その愚かさに負けないくらいの賢明さを、人々が発揮するしかないと考えます。

キューバ危機の時のような、世界の指導者がぎりぎりのところで理性を発揮するような気運も見られないのだとしたら、人々が草の根から理性の力を強めていくしかない、ということにますますなってきます。

核抑止強化論に与する方もいらっしゃるかもしれません。しかし、最後の一線を踏み越えかねなくなっている指導者を、それで思いとどまらせられるかは疑問ですし、指導者の愚かさを凌駕《りょうが》するような賢明さというものは、そこにはうかがえません。五十歩百歩の愚かさでは、指導者の愚行を食い止めるのは難しそうに思えます。

それでは、核抑止の他にどんな方策があるのかというと、私にも妙手は浮かびません。草の根から理性の声を強めるというような生ぬるいやり方で、事態の進展に追いつけるのかと言われたら、そのご批判はごもっともですと、返すしかありません。

そんなやり方では、事態の深刻さに太刀打ちできずに、無駄骨に終わるかもしれないのですから……。

それでも今は、情報技術の発展によって、人々がつながる力は飛躍的に高まってきました。その力をうまく生かせれば、思いがけない効果を生み出せるかもしれません。いきり立って核抑止論に固執するよりは、ピープルズパワーの新たな可能性に賭けてみるほうが、少なくともより希望はありそうに思えます。

青天井の円安

この国では長いこと、理性の力というのは必ずしも求められてきませんでした。大学時代の友人がいみじくも言ったように、人々は経済社会の一つの歯車となることを求められてきたからです。

そこでは物事をじっくりと考えることより、自分が属する組織の要請に忠実に従うことのほうが、強く求められてきました。理屈っぽくなることは、みんなの足並みを乱しかねない行為だとして、忌み嫌われたりしてきたのです。

それでも今までは、一つの歯車の役割を忠実にこなしてさえいれば、多くの人たちは一定レベル以上の暮らしは保障されていました。だから多くの人は、余計なことを考えずに動くという姿勢を、長いこと取ってきました。理性を働かせて、物事をじっくり考えるというのは、結構面倒くさいことですし。考えずに動いて、それでまずまずの生活ができるのなら、それが一番楽ですし。

それでも、そういう姿勢のままでいたら、足をすくわれかねなくなってきました。物事を考えずにいたら、最悪の場合、突如世界中を核ミサイルが飛び交って、人の世が一気に終幕となりかねません。

気候危機で、文明社会の安心・安全が揺るがされるようにもなってきました。格差と貧困が広がって、これまでのようにがむしゃらに働いたからといって、まずまずの暮らしが続けられるとは限らなくなってきたのです。思いがけずに足をすくわれたくないのなら、忙しい毎日の中でも心を落ち着けて、じっくりと考えを巡らさざるを得なくなってきているのではないでしょうか。

それでもなお、「腰を落ち着けて考えを巡らせよう」という呼びかけより、「まだまだ前に進めるはずだ」「さらに前進しよう」と、勇ましく吹き鳴らされる進軍ラッパの音のほうが、人々の耳に大きく響き渡っています。技術革新をさらに進められれば、経済はまだまだ成長できるはずだと、しきりにアピールしています。

時代の趨勢《すうせい》としての技術革新を否定することは、もちろんできません。今回のコロナウイルス禍にしても、技術の進歩のおかげで苦難をある程度軽減できた面があることは、否定できません。

しかし、技術のさらなる進歩が人間社会に光明をもたらすかということについて、私はかなり懐疑的です。技術革新の後押しがあったところで、経済成長は次第に見込みにくくなっていくのではないかと、私は考えています。

今回のウクライナ危機で、世界経済のネットワークのかなりの部分から、ロシアを当面外さなくてはならなくなりました。大国のロシアを外して世界経済を回さなくてはならないわけですから、これまでのような勢いを保つのは、どう考えたって難しいです。

これまでも世界各国が、かなり無理をして経済の勢いを保っていたところはありました。二〇〇八年のリーマンショックの後、各国政府は経済の底割れを防ぐため、「金融緩和」と称して市場になりふり構わずにマネーを供給しました。そしてそういう対応を、二〇二〇年以降のコロナウイルスショックで、輪をかけて行うことを余儀なくされたのでした。

世界の市場にマネーが溢れていると、マネー一単位あたりの価値は小さくなりがちです。それで、インフレが起こりやすくなっていたところに、資源価格の高騰や、世界の物流の停滞といった動きが加わって、インフレに拍車がかかってきました。

日本はまだ、極端なインフレにはなっていませんが、米国などはかなりインフレに苦しみだしていて、金融の相当な引き締めを考えざるを得なくなっています。そしてこうした傾向は、経済の勢いをそいでいく可能性が大きいと考えます。

経済の自由な展開に委ねれば、世界はうまく回っていくという、三十年前にしきりにアピールされた考え方は、経済自体がもはやうまく回らないということになって、決定的な破綻に直面するかと思います。


実は日本は、経済を無理にでも勢いづけようとして、市場に強引にマネーを供給するというスタンスを、世界各国に先がけて、バブル経済の崩壊の頃から取っていました。経済大国であることが、いわば日本のナショナル・アイデンティティーとなっていましたから、経済を停滞させ続けることは許されなかったのです。

経済大国となって確立させた高福祉体制を、何が何でも維持したくてそうしたという面もあったかと思います。経済が陰ってきたからといって、福祉の水準を切り下げていけば、政権政党が政治的求心力を失いかねないからです。

そして実際、自民党はバブル崩壊後の社会の揺らぎの中で、二度下野を強いられましたが、それは一時的な攻守交代にとどまりました。バブル崩壊後も、この国の政治をおおむねリードしてこられたのです。今でも自民党は、支持率は他の党にかなりの差をつけて抜きん出て高く、〝一強多弱〟などと称されたりしています。

しかしこういう展開は、この国にとって良いものでは決してなかったと、私は考えます。この国の財政が借金まみれになって、すっかり不健全なものになってしまったからです。

コロナウイルス禍よりも前の時期でいうと、税収はアベノミクスの効果でいくらか増えてきていたとはいえ、せいぜい六十兆円でした。それなのに、総額一〇〇兆円の予算を組んでいました。税収の不足分の三十数兆円は、新規国債の発行で賄っていたというわけです。

毎年三十数兆円の新規国債を発行するようなことを三十年にわたってやっていたので、この国の公的債務はGDPの二倍半くらいのレベルになってしまっています。これは第二次世界大戦直後の時期を除けば、つまり〝平時〟では、まず見られない水準なのだそうです。

家計にたとえれば、年収六〇〇万円なのに三百数十万円の借金をして、一〇〇〇万円レベルの生活を維持していたのと同じです。

その結果、借金は総額一億円以上に膨れ上がり、利払い（国債費）も年二百数十万円になっています。

経済大国時代に蓄えてきた国力のおかげで、この国はまだ何とかもっているのかもしれません。でも、家計ならとても首が回らない状況だが、国家だから大丈夫と、さすがにいつまでもは言っていられないのではないかと思います。

近年は金利を強引にかなり低く押さえつけていたので、何とか財政がもっていたというところもあるかと思います。それが、世界でインフレ傾向が強まってきて、金利も上昇基調です。日本もその影響を、嫌でも受けます。金利が上がってきて国債費が膨らんだら、税収のかなりの部分が利払いで消えるといった、とんでもないことにだってなりかねないのではないでしょうか。

今は日本銀行が日本国債券を直接引き受けることは法律上できないので、市中銀行が購入した日本国債券を日銀が買い上げるというやり方で、財政ファイナンスをいわば間接的な形でやっています。

その関係でも、金利が上がってきたらヤバいのだそうです。日銀は買い上げたお金に利息をつけなくてはいけないので、その利払いで日銀が破綻するような状況も、考えられなくはないのだそうです。

私はお金のマネージメントで、これからは安上がりの情報ではとても対応できないと考えているので、これはと思うアドバイザーにお金を払って金融情報を仕入れたりしています。そのアドバイザーから、こういった話を耳にしたのでした。

そんな感じで、日本はできれば金利を上げたくないので、依然として緩和的な政策を続けています。他方米国は、金利を上げざるを得なくなっていますから、マネーは金利の高い米ドルのほうに流れがちで、急にドル高円安が進んだりしています。それで国内では、円安によるコスト・プッシュインフレが徐々に進んできて、経済力の弱い人たちから悲鳴が上がりだしています。

この国ではしばらくの間、デフレと円高が経済の大敵であるかのように言われてきました。そういう面があることは否定できませんが、かといって円安とインフレが進み過ぎると、もっと厄介なことになってしまうのです。日本円を軸に経済活動を行っている人には、なけなしの経済力をそがれるということになりますから。

但し、円安とインフレの急展開を食い止めようとして金利を上げたら、たちまち財政破綻に至るのかもしれません。日本国債券は紙キレ同然となって、国債をたくさん抱え込んでいた日本銀行や市中銀行は、首が回らなくなるわけです。

そして最終的には、日本銀行券を使い、市中銀行にお金を預けていた多くの国民が窮することになるのです。

　金利を上げられずにいたら、青天井の円安となって、激烈なインフレとなるのかと思います。一ドル＝二〇〇円の水準は軽く超え、固定相場時代の一ドル＝三六〇円をも超えて円安が進むと予測する人もいます。この国の経済にとっては、まさに進むも地獄、退くも地獄なのです。

この国の行方

そんな中で、二〇三五年前後には「令和南海トラフ地震」が起こるのではないか、という予測があります。

南海トラフ地震は、前回一九四五年の敗戦を挟んで二度に分けて起こったものや、江戸時代の末期に起こった前々回のものは比較的小さめのもので、その分、次回は規模の大きなものになるのではないかと、警戒されたりしています。

そうなると、富士山噴火と連動する可能性は大きくなるわけで、大津波に襲われるであろう西日本だけではなく、首都圏も大混乱ということになるかもしれません。

温暖化の影響でスーパー台風が発生し、首都圏が直撃を受けるといった事態も、考えておかないといけないかもしれません。

東京都の東部、荒川と江戸川の流域の低地帯には何百万人もが住んでいますから、それだけの人たちを二十四時間くらいで一斉に避難させせなくてはならない、といったとんでもない事態になるかもしれません。

それで、避難は比較的うまくいって、犠牲者は少なめに抑えられたとしても、それだけの人たちが気候難民となるわけで、この国の社会と経済への影響は甚大です。

二十世紀前半に、東京は二度、関東大震災と東京大空襲で焼け野原になりました。今度は〝火攻め〟ではなくて〝水攻め〟で、東京は三たび灰燼《かいじん》に帰するかもしれません。

十年から十数年経ったら、この国は財政破綻と自然災害のダブルパンチで、ボロボロになってしまっているかもしれないのです。それは一九四五年の敗戦を形を変えて再体験する、「第二の敗戦」と言うべき事態になっているかもしれませんし、タワーマンションなどは、住み続けられなくなる人が続出して、ゴーストタウンと化し、その足元にスラムができたりしているかもしれません。

今さらタラ・レバで話をしてもしかたのないことではありますが、バブル崩壊後にこの国のあり方を低成長モードに切り換えていければ、状況はずいぶん違っていたかもしれません。どんなに財政出動を重ねても、経済の勢いは戻らないということが明らかになった時点で、景気回復へのこだわりを捨てるという選択は、あったかもしれません。

ただそれは、現実にはなかなか難しい舵取《かじと》りであったことは、間違いありません。世界中が経済の勢いづけを競うようになっていた中で、日本だけ独自路線を採ることになるわけですから。

また当時は、名の通った銀行や証券会社が破綻するなどして、人々の不安も高まっていました。そんな中では、低成長路線への転換など、容易には受け容れられなかったでしょうし。

この国は、戦後しばらくは、幸い良き時代を過ごすことができました。戦前に比べればずっと平和で、自由で、豊かに暮らせるようになりました。しかし、戦後復興がうまくいき過ぎたことが、〝戦後〟が行き詰まりだした時期に柔軟にギアを切り換えることを、皮肉にも難しくしてしまいました。

この国の財政は、もはやタイタニック号のような状況かと思います。〝大船〟なので、乗客の多くは沈没するなど夢にも思っていませんが、実際は沈没は不可避でしょう。コロナウイルス禍でさらなる無理な財政出動を強いられましたから、そう言って間違いないと思います。

それなのに政治の世界からは、船のスピードをさらに上げることを求めるような声が上がったりしています。そんなことをしたら、破局の時期がさらに早まり、破局の衝撃もいっそう大きくなりかねないのに、です。

政治に〝救国〟を期待することは、残念ながらもはや難しいかと思います。ですので、個人で、ないしは何らかの形の草の根のネットワークで対応して、危機の時代を何とか生きしのぐしかないと思います。

〝本船〟はまもなく沈みそうなので、経済力がいくらかはある人は、自前で救命ボートを用意するしかありません。そこまではできない人は、せめて浮き輪のいくつかは確保して、救援の船が来るまで海の中で泳いで耐える覚悟をするしかありません。

そのようにして、何とかサバイバルを果たした人たちが、この国の次の時代をリードするしかないのではないでしょうか。――これはもちろん、人類が核戦争による破局を、幸運にも回避していたらの話ですけれど。

この国の少なくない人たちは、それでもなお、〝前時代〟のリーダーたちに期待したりしています。若い世代ほど、自民党への支持率が高い傾向があるとも聞きます。

今以上に輝かしい未来があるとも思えない。だから、今の状況が少しでも長く続いてほしい。自民党以外にこの国の政治をリードできそうな勢力も見当たらない。そんな要因があるのかと思います。それはそれで、わからなくはないです。

幕末の志士たちの心情は、今の若い人たちのそれとは、ずいぶん違っていたのではないかと想像します。幕藩体制の行き詰まりと、時代の転換とを意識していた人たちが少なくなかったのではないでしょうか。そして、時代感覚の鋭敏な人たちが少なからずいたことが、この国がアジア圏では唯一と言えるくらいの、いち早い近代化を果たした大きな要因となったのではないでしょうか。

江戸幕府は江戸幕府で、戦乱に明け暮れた世の中を平定し、二百数十年に及んだ太平の世を作り上げました。近世としては、類いまれな統治力を発揮していたと言えるかと思います。それでも、近世から近代へという時代の流れにはとても追いつけず、次第に統治のひずみが抜き差しならないものになっていったわけです。

この国は明治期に、欧米列強の進出に抗して、近代国家としての自立を手早く成し遂げる必要がありました。それで、中央集権色の濃いシステムを構築していきました。手早い近代化のためには、国家に力を集めるのが有効なやり方だったからです。

しかしそれは、難局に際して柔軟性を欠くという、危うさを伴った道でもありました。この国は無謀な開戦から大敗北へと、一直線に坂道をころがり落ちました。アジアでは唯一の、国際社会での有力国となってから、わずか数十年後の出来事でした。

それでも、この効率的な近代化システムが、戦後の復興には有効でした。〝親方日の丸〟の下での企業社会といった、凝集力の強いシステムを構築していき、工業化を推し進めて、国力を高めていきました。

世界がまだ近代の真っただ中だったことが、幸いしたかと思います。近代の中で一度は大きくつまずいたものの、近代化のエネルギーを再び加速させることで、国を立て直すことがまだ可能でした。

そう考えると、この国は第二次世界大戦の敗戦を迎えるあたりより、さらに難しい時期にさしかかっている、と言えるかもしれません。さらなる近代化ではもはや対応できなくなっているのに、ポスト近代に有効な国のあり方を探ろうという、意思もエネルギーも乏しいのですから。

次なる時代を誰よりも鋭敏にとらえなくてはならない若い世代が、〝現状〟へのしがみつきを強めているかのようにさえ見える状況こそが、この国の手詰まりを象徴しているかのようです。

でも、どんなにしがみついたところで、〝現状〟のほうが程なく崩れていってしまうと思います。だから、どうしたら自分たちは生き残れるか、どうしたらこの国を再生できるかを、嫌でも腰を落ち着けて考えなくてはいけなくなっていくと思います。

アジアでは近代化の先陣を切ってきた日本だけに、近代という時代の行き詰まりに直面するのも、アジアだけでなく、世界の先陣を切って、ということになるのかもしれません。

下手をしたら、全面核戦争が起こって、人類が一気に滅亡しかねなくなっているわけで、今や人類は史上最大の危機に直面している、と言っても過言ではありません。近代という時代が孕《はら》んでいた暴力性が、思いがけない形で、再び鎌首をもたげてきたと言えましょうか。

二度の世界大戦を経て、他国の領土を軍靴で踏みにじってまで資源を収奪するといったような、むき出しの帝国主義を展開する余地は、さすがになくなりました。その分、経済覇権をめぐる争いが熾烈になっていきました。世界の荒っぽさは、形を変えて維持されていたとも言えました。

富をめぐる争いが基調であった世界では、究極の暴力装置である核兵器の問題が、真剣に議論されることは、残念ながらありませんでした。

被爆者の方々は核兵器廃絶を粘り続く訴え続け、核戦争の戦場となるかもしれない欧州で、反核運動が盛り上がったりはしました。それでもそうした動きは、核兵器をも一つの〝持ち駒〟とした、世界のパワーゲームという構造を、根本的に揺るがすまでには至りませんでした。

先に述べましたが、「戦争の時代を本当に過去のものにするには、富をめぐって争う世界から、富を分かち合う世界へと、人間界の根本原理の大転換を図らなくてはならない」と、私は二十歳の頃から考えていました。その考えは、おおむね的確でした。「人間界の根本原理」は、二度の世界大戦を経ても、争いから分かち合いへとは変わりませんでした。その中では、平和へのアピールを草の根からどんなに強めたところで、人類の平和共存が真剣に追求されることはありませんでした。

市場主義以上のシステムなど、人類には構想することはできない。だから、市場主義にもいろいろ問題はあるだろうが、そのシステムをうまく展開することで、何とかやっていくしかない。社会主義が崩壊した三十年余り前には、そんなことをおっしゃった方もいました。

そういう考え方も、簡単には否定できないかもしれません。市場主義のひずみを下手にのりこえようとしたら、かつての社会主義のような、手詰まりに陥ってしまうのかもしれませんから。

しかし、市場主義を再び全開にした挙げ句に、今の深刻な状況があるのは間違いありません。

下手をしたら、人類が一気に滅亡しかねなくなってきました。文明社会の存続も危うくなってきました。市場主義以上のシステムを構想するのは、人類にはなかなか難しいことだとは、少なくとも言えるかと思います。しかしそれでも、人類の滅亡や衰亡を簡単に受け容れることはできないのですから、そういう課題に再チャレンジするしかないのではないかと、私は考えます。

その課題に、どこからどう手を着けていったら良いかについては、私にもこれといった考えはありません。でもかつての社会主義は、〝上から〟の取り組みだったことが、失敗の大きな要因だったかと思います。かつての東欧だけでなく、近年の中南米でも、社会主義を志向する政権が強権的になったりしています。ですので、強力なリーダーが運動を引っぱるというスタイルはうまくなくて、〝下から〟のスタイルを徹底するしかなさそう、とは思います。

多くの人が状況のただならなさに目を向け、腰を落ち着けて考えを巡らせる。そして各人が考えたことをぶつけ合って、一番良さそうな道を理性的に探っていく。こんな生ぬるいやり方では、危機の進展にとても追いつかないかもしれませんが、それでも、これ以上のやり方はなさそうに思うので、人々の理性の力を呼び醒ますことに、残りの人生で力を尽くしていけたらと思っています。

さらなる富を求めて前進せよと、進軍ラッパが相変わらず大音量で鳴らされています。それでも、前進一本槍では対応し切れない難問が、私たちの前にはいくつも立ち現れてきています。前進一本槍のやり方に疲弊し、ついていかれなくなる人も次第に増えてきています。ですので、静かではあるが確かな音色を、人々の耳と心に届けられれば、人々の理性の力を刺激できる可能性は十分あると思っています。

アジアでも世界でも、近代化の流れをリードしてきた日本ですが、限界にも一番早く直面して、残念ながら大コケしてしまうのかもしれません。そんな中で、右往左往したり、絶望したりする人も、少なからず出てきてしまうのかと思います。

それでも、危機の時代を何とか生きしのぐ人たちもある程度出てくれば、そんな人たちの苦闘の中から、これから脱近代という課題に本格的に直面するであろう世界にとって、参考になりそうな価値観や生活スタイルが生まれてくる可能性はある、と考えています。

そうなれば、情報化がますます進む中で、世界の人々の注目を集めることで、日本は経済大国時代とは違った形で、存在感を高められるかもしれません。

反対に、こういう課題にうまく取り組めなかったら、この国は没落の道をたどる可能性が大きそうに思います。それで、日本の将来に見切りをつけて、日本よりは将来性のありそうな東南アジアやオセアニアの国々に、経済移民となって流出する若い人たちが、続出したりするかもしれません。そんなふうにして、少子高齢化と人口減少が加速して、すっかり老いぼれた国となってしまうかもしれません。

一気に没落していくか、それとも再生への糸口をつかむか。これからの十数年くらいが、この国の大きな勝負どころとなるのは、間違いないと思います。

最後に

この作品に、同世代の方々の魂を揺さぶるようなところがもしあったら、終盤まで温存しておいた持ち駒の「飛車」を、勝負手として盤上に放つことには、少なくとも成功したのかなと思います。その一手が、勝ちに結びつくかどうかは、まだわかりませんけれど。

人生を賭けて大勝負をするような人生に、図らずもなりました。人生の本当の勝負は将棋盤の外でになるだろうから、盤上の勝負は切りの良いところでやめておこうと思って、高校三年生の時に将棋からの〝卒業〟を決めました。その時に考えていた以上の、大勝負になったかと思います。

そうなったのは、私たちの家族の、独特の物語があったからでした。

祖父は明治という時代を超え出た感覚を持ちながらも、同時に明治にどっぷりと浸っていた面も持ち合わせていました。それで、当時の人としてはずいぶんアナーキーな生き方をしていたのかと思います。

そして、矛盾する二面を併せ持っていたがゆえに、人生の終盤になって精神に収拾がつかなくなり、大荒れの酒乱に至ったのかと思います。

また、昭和の初頭に生を享けた父は、昭和という時代にどっぷりとはまっていました。ですので、祖父のやり切れなかった課題を引き継げる要素は、父にはありませんでした。タフで生真面目な会社人間だった父は、祖父から私への、バトンの引き渡し役でした。

超時代的な課題を祖父から引き継いだ私は、昭和後期という時代、子どもの頃からどこかぶっ飛んでいました。それで、学校の空気になじめなくなって登校拒否を起こしたり、周囲のいかにも〝男の子〟をしている級友たちと、心の距離を感じるようになったりしました。

暮らしが豊かになっていく平和な時代状況の中で、勉強のできる人たちは、より〝いい暮らし〟ができるポジションを求めて、しのぎを削っていました。勉強が得意でない人たちは、せめて〝人並み〟の暮らしはしたいと願って、〝みんな〟から後れを取らないよう、腐心していました。

そんな中で私は、今の平和はかりそめのものに過ぎないと、十代の半ばには強く感じるようになっていました。そして、もっと確固とした平和を築ける道を探りたいなどと、思うようになっていました。私の意識は、それくらい〝みんな〟からぶっ飛んでいました。

私がそうなったのは、祖父の姿に魂の慟哭といったものを感じるようになっていたからでした。祖父は酒を浴びるように飲んでは、家族を怒鳴りつけるといった、とんでもないことをやっていました。でもそうなったのは、祖父がとんでもない人間だったからではなくて、この国がとんでもないことになっていたからだと、考えるようになりました。

そして、多くの人が命を落としたり、辛酸をなめたりしてきたはずなのに、この国の〝平和〟にはどこか軽薄なものがあるように感じだしていました。今とは違う平和のあり方を探らないと、再び戦争の時代が来たり、戦争とは違う形で重大な危機を招いたりしかねないのではないかと、考えるようになっていました。

私は幼少期から、家族の場で魂を強く揺さぶられてきたためか、私の魂に刻み込まれたものは、多少のことでは揺らぎませんでした。二十代の頃は、若さに任せて突っ走りすぎた反動で失速したり、平和共存への手がかりとなるかと思った社会主義が崩壊して、動揺したりもしました。それでも、小難しいテーマの追求はもう諦めて、現状と妥協しようなどとは思いませんでした。

幸か不幸か、私が執念深く追求してきたテーマが、当を得たものだったことは明らかになってきました。戦後の〝平和〟な時代の行き詰まりは、いかんともし難くなってきました。

こうなってみると、「〝みんな〟の枠から外れて、〝みんな〟がとても考えないようなことを、とことん考える人間も、一人くらいはいたほうが良かったでしょ？」などと、少しニヒルに言ってみたくもなります。みんなが同じような考え方や価値観で生きていたら、〝みんな〟全体が行き詰まった場合には、手詰まりになりやすいです。そういう時には、〝みんな〟の枠から外れて、突拍子もないようなことを考えている人間が少しはいるほうが、思いがけない事態の打開策が生まれてきたりするものだと思います。

江戸幕府が、将棋盤の上で突き抜けた知力を発揮する人たちを人の世に囲い込んでおいていたということにも、こうしたことに通じる発想があったのではないかと、将棋愛好者の私は考えたりしています。そういう人を、「生産性がない」などと言って切り捨てていたら、結局は人の世自体がやせ細っていくのだと思います。

私のそんな人生物語の、舞台回しとなったのが将棋でした。祖父と将棋盤を挟んで向き合った幼き日々の中で、私の魂に家族の物語が刷り込まれていったのかと思います。

そして、高校の将棋部で大活躍できたことで、私の魂にスイッチが入りました。その後は、時代と将棋を指すような感じで、生きてきたかと思います。

そういう意味では、将棋とは浅からぬ縁はありました。ただ、プロを目指すことを考えられるような、深い縁まではありませんでした。私にとって、将棋はあくまで手段であって、将棋そのものが人生のテーマではなかった、ということだと思います。

大学でも引き続き将棋に打ち込んで、アマチュア強豪としての活躍を目指すという道も、なくはなかったかもしれません。しかし、そういう道に進むことは、みじんも考えませんでした。


人生の〝勝負形〟には何とか持ち込めたかとは思うので、〝勝負手〟が勝ちにつながるかどうかには、もう強くこだわってはいません。勝ち負けは、時の運次第というところもあります。ですので、人生に悔いというものは、特にありません。

高齢の母をこの世から送り出し、妹が残りの人生を何とか生きていける目途を立てるまでは、生きていないといけないかなとは思っています。そういう課題が終わったら、もう人生がいつ終わっても良いというくらいの気持ちはあります。

ですので、人類がたとえあと数年で滅亡しても、残念という気持ちにはあまりならないかもしれません。若い方々は、あと数年で人生が突然断ち切られたら、たまらないでしょうけれど。開き直って気楽になれる年齢には、幸いなってきました。その分、思考は思い切って展開できます。

ただ、人生をいくらかはやり直すことがもしできるのなら、高校時代に戻って、もう一度将棋を指してみたいという思いはあります。現実の高校時代は、将棋で勝つことがセルフエンパワーメントになっていたので、勝ちにこだわる指し方をし過ぎた嫌いはありました。できるものなら高校時代に戻って、もっと将棋の醍醐味《だいごみ》を味わえるような指し方もしてみたいものです。

近年の将棋ブームで、将棋はやっぱり面白いと、改めて感じたりしています。藤井聡太竜王の大活躍のニュースに接したりすると、しばらく眠っていた将棋熱が、呼び醒まされないわけにはいきません。

勝ちにこだわって指していた「振り飛車」や「居飛車穴熊」ばかりではなく、少なくともふだんの練習対局では、今風のトータル・フットボールのような将棋も指してみたいと思います。そうすれば、もう一段のレベルアップを図れて、全国大会への挑戦も考えられたかもしれません。

実際の高校時代にも、「居飛車」の本格派の将棋を指しこなしていかないと、本当の実力はつかないと、ある先輩から言われたことはありました。一年生時の部内総当たり戦で〝新入幕優勝〟と華々しいデビューを飾り過ぎた反動で、伸び悩んでいた時期があり、その頃に先輩から言われたのでした。

特にその先輩には、デビュー戦では勝てたものの、その後はなかなか勝てなくなっていました。「振り飛車」全盛の中でも、「居飛車」の本格派の将棋を志向されていて、将棋に対する強い思いを持たれていた先輩でした。

先輩は将棋が強いだけでなく、東大への現役合格を果たすくらい、学業成績も優秀でした。私の出身高校から東大へ行く人は、毎年数人なので、先輩は〝百傑〟どころか、学年でトップ5には入っていたわけです。それで、〝名門〟の東大将棋部でも活動されました。

ただ、高校時代の戦績で言うと、先輩は私が一年生の時の大会で、ライバル校の〝王者〟に決勝で敗れて、天を仰いでいた記憶があります。それで、先輩の最高成績はおそらく準優勝で、対して私は優勝でした。学業成績でも、将棋の実力でも、先輩が上だったと思いますけれど、県大会での戦績だけは、私のほうが少しだけ上回らせてもらいました。

私は一年生の冬の県大会で、先輩が歯が立たなかった〝王者〟に善戦して、突然スランプから脱け出してしまいました。それで、先輩のアドバイスは、うやむやになってしまいました。

それでも、先輩のアドバイス自体は的確だったと、今は思っています。「振り飛車」の将棋に限界を感じて、「居飛車」中心にスタイルを変え、そのことがタイトル獲得につながったという例も、トッププロにありますし。

現実には、将棋を指すことに頭を使うのはもう無理で、プロの高度な将棋を観て楽しむ〝観るショー〟にしかなれません。それでも、県大会優勝に匹敵するような経験を、人生の終盤でしてみたいなという思いは、ひそかに持っています。

私の高校時代には、東京近郊にも結構ローカル色の濃い鉄道路線があって、優勝した時はその路線のオンボロの列車に乗って凱旋《がいせん》しました。その車中で、今回のような経験を、人生のどこかで、形を変えてまたできると良いなと思ったものです。その思いが何とか実現できたら、人生に特に言うことはないです。

しあわせを感じることはあまりなく、楽しみと言えるものもない人生でしたけれど、中学二年生の時に、「あなたは何が楽しみで生きているの？」と問いかけてきたクラスメートの彼女に、もしもう一度会えたら、改めて答えておきたいです。

「私の人生には楽しみというものは、やっぱりなかった」と、

「でも、私は私として、人生を生きてきましたよ」と付け加えながら。

県大会優勝に匹敵する経験があるとすれば、私の放った〝勝負手〟が、この国の再生と、人類の危機回避につながった場合でしょうか。そうなるかどうかは、日本と世界の今後の展開次第ですけれど。

どちらも、近代から脱近代へというパラダイム・チェンジを伴わなくては、成し遂げられない課題だと考えます。そうだとすれば、近代という枠組みにどっぷり浸っている人には、絶対に放てない一手です。超時代的に生きてきた私のような人間でなくては放てない一手、というわけです。

もしその一手が、滅亡の淵にあったかもしれない人類の、危機回避に役立ったとなれば、それこそウルトラマン並みの大活躍をしたと言えるかもしれないのです。人生の大半で〝手待ち〟をして、身のある手は一手しか指さなかったとしても、それで一生分の手を指したと言えるかもしれません。

テレビの「ウルトラマン」は、「バルタン星人に地球を乗っ取られなくてよかった」と

いう感じの終わり方をしていました。でも、もはやそれでは不十分なのです。

バルタン星人に対して、「私たち地球人は、あなたたちみたいに愚かではありません」とまで、胸を張って言えないといけなくなっているのです。

「あなたたちは、大挙して宇宙旅行に出かけられるくらいの、高度な文明をつくり出したようだ。でも、その文明の力をコントロールできなくなって、自分たちの住む星を壊してしまった。私たちはあなたたちほどの文明はつくり出せないけれども、あなたたちとは違って、文明の力を賢くコントロールして、みんなで平和に暮らしていますよ」と。

「戦争の時代のラディカルな超克」という、私が子どもの頃から抱えてきたテーマは、私が生きている間に成し遂げることは難しそうです。

でも、これまで世界が必ずしも真剣に向き合ってはこなかったそのテーマを、必死にこなしていかなくては、世界がとんでもないことになりかねなくなってきました。だからそのテーマを、次の世代に引き渡すことくらいは、生きている間に何とかやっておきたいのです。

技術革新をさらに進めて、もっと豊かで、便利な生活を求めていく余地は、まだあるのかもしれません。

それでも、世界が核戦争で破滅してしまったら――、気候危機で安定した生活が送れなくなってしまったら――、格差と貧困が広がって、人の世から活気が失くなっていってしまったら――、〝生き地獄〟が広がって、多くの人が子孫を残す気になどならなくなっていったら――、〝ＩＴ〟など文明の徒花《あだばな》に過ぎなくなります。

技術革新にはある程度節度を持たせて、人類の平和共存や、自然と調和した暮らしや、経済の比重が突出しない、バランスの取れた社会生活の構築のほうに、もっと知恵と力を振り向ける。こういうふうに賢いギア・チェンジを図れるかどうかが、これから人類の最大のテーマとなっていくだろうと、次の世代の方々に伝えておきたいのです。

私は世間的に言えば「インテリ崩れ」で、学問上の業績という形で、生きた証しを残すことはできませんでした。それでも、重いテーマを抱えて、少年期・青年期から必死に考えを巡らせてきた積み重ねはあります。

それを、こういう形で世に問うことができたのは幸いです。

著者プロフィール
大関 市朗（おおぜき いちろう）
1961年生まれ。埼玉県出身。

自分と家族の物語
戦争、平和、そしてもしかしたらまた戦争（？）
……の時代をそれぞれに生きて、生きつないで

2023年１月15日　初版第１刷発行

著　者　大関 市朗
発行者　瓜谷 綱延
発行所　株式会社文芸社
〒160-0022　東京都新宿区新宿１－10－１
電話　03-5369-3060（代表）
03-5369-2299（販売）

印刷所　株式会社暁印刷

ISBN978-4-286-26004-4